Clin d'oeil du dentiste à son patient!

Avec mes Meilleurs Voeux pour 2003.

Gérard Sitruk

La Concordance
des dents

Du même auteur

Dictionnaire imaginaire des stations de métro
Le Castor Astral, 1999

Jean-Paul Carminati

La Concordance des dents

Éditions du Seuil

L'auteur remercie Bernard Engel, lecteur public,
Francis Mizio, écrivain, Stéphane Leroy, éditeur.

ISBN : 2-02-044709-6

© Éditions du Seuil, mai 2001

www.seuil.com

La vie
C'est comme une dent
D'abord on y a pas pensé
Et puis ça vous fait mal
Et on y tient
Et puis un jour
Il faut vous l'arracher
La vie.

Boris VIAN

1

J'ai soupiré imperceptiblement.

Il y avait une dent qui sortait, et pas n'importe laquelle : l'incisive centrale supérieure droite, la plus grosse, relativement aux autres et dans l'absolu, une mégadent. On pensera que c'est logique, qu'une molaire ne peut pas sortir. Peut-être.

En réalité, plusieurs dents sortaient, et d'ailleurs ma mère me l'avait signifié à sa manière toute personnelle un soir avant que je me couche, alors que je m'avançais vers elle pour l'embrasser en lui disant bonne nuit : « T'as une dent qui sort, là » – et de son index elle avait pointé la dent, et cela l'avait fait rire. « T'es laid du bas », avait-elle ajouté.

Ce soir-là, je l'avais aidée à préparer le plat préféré des Bergamo depuis des générations, les spaghettis à la tomate et au fromage. Bon Dieu, j'en avais mangé au moins trois assiettes.

Alors, je lui avais souhaité une bonne nuit – sinon elle aurait pleuré, dit qu'on ne parlait pas comme ça à sa mère, que j'étais un monstre, etc., et j'étais monté me coucher.

Et puis, somme toute, elle n'avait seulement désigné que la canine inférieure droite (gauche dans la glace), laquelle n'était à l'époque inclinée que d'environ trente degrés.

Ce devait être vers mille neuf cent soixante-dix-neuf, j'avais quatorze ans, et c'était précisément entre le salon et le hall. Oui, c'était en mille neuf cent soixante-dix-neuf, entre le salon et le hall. Elle était dans le hall, et je sortais du salon après avoir regardé la télévision. Mon père était resté dans la salle à manger et lisait *Le Monde* en tirant sur sa pipe. Quand il lit *Le Monde*, le monde peut s'écrouler.

C'était en mille neuf cent soixante-dix-neuf, et c'était déjà trop tard.

Pourtant, en mille neuf cent soixante-dix-neuf, la mégadent n'était pas encore sortie de ma bouche. Elle attendait son heure, légèrement décalée, chevauchant un peu sa voisine.

Six ans après, elle sortait vraiment, même la bouche fermée. Depuis des années, elle était poussée par les autres vers la sortie – et les autres étaient toutes inclinées comme des peupliers penchés toujours du même côté par l'effet du souffle incessant du vent, elles penchaient toutes en chœur vers l'avant de la bouche, d'une même poussée lancinante : *Ho… hisse, sortons d'là camarades ! Poussez pas, derrière !*

Six ans après, mon intérêt pour les spaghettis à la tomate et au fromage restait intact.

2

En mille neuf cent quatre-vingt-six, je me suis résolu à parler de la mégadent au dentiste de la famille, le docteur Penarch.

– Est-ce qu'on peut faire quelque chose pour... la dent... là ?

Il a ri de toutes ses dents parfaites.

– Non ! Il n'y a rien à faire ! Vous êtes trop vieux pour vous faire déplacer les dents ! Après vingt ans, on ne déplace plus les dents, c'est trop tard !

– La flûte traversière n'a pas dû arranger les choses...

– Ah ? vous avez fait de la flûte ? C'est pour ça que votre dent, elle sort, ça l'a accrochée comme un crochet.

Et il a fait un geste de crochet avec un doigt, en jubilant.

Je n'insistai pas. Je savais que la flûte n'y était pour rien, et je n'allais pas lui expliquer en détail ce qu'était exactement la forme d'une embouchure de flûte. Il m'a dit au revoir en riant.

Je regardais mon sourire dans la glace. Mon sourire

brisé. Je haïssais les dents bien rangées. J'évitais de les croiser du regard. Je haïssais ces dents, artificielles. Je haïssais ces gens qui souriaient beau.

J'avais trouvé un angle de sourire qui permettait de me faire croire que mes dents étaient droites lorsque j'étais photographié, et je haïssais cela aussi.

De toute façon, il n'y avait rien à faire. J'avais raté le coche. C'était douze ans auparavant qu'il aurait fallu continuer de porter cet appareil dentaire. Pourquoi ma mère… mon père… moi… Je ne comprends pas. Payer toute ma vie pour ça.

J'ai surmonté ces pensées. Quelle importance, l'apparence ?

Je ne suis pas retourné voir ce docteur Penarch. Trop con.

Et puis sept ans ont passé. Sept ans de poussée des dents mutines.

3

Un jour de mille neuf cent quatre-vingt-treize, je suis allé me faire détartrer les dents chez le docteur Balbec, un dentiste qui exerçait en face de chez moi.

Je m'en souviens d'autant mieux parce que j'ai réussi ce jour-là à siffloter assez correctement en aspirant de l'air, ce qui m'a permis d'exécuter l'andante du concerto pour flûte et harpe de Mozart d'un seul trait, en expirant et en inspirant.

Penché sur ma bouche, il m'a dit, sur le ton de « Ça se rafraîchit, je mettrai bien une petite laine » :

– J'ai l'impression que votre gencive recule depuis quelque temps.

Je lui ai répondu un son nasal, puisqu'il avait ses mains dans ma bouche. Encouragé, il a poursuivi en attrapant la petite laine en question :

– Faites attention, cette incisive-là est en train de se déchausser.

J'ai passé les jours suivants à regarder cette incisive-là dans la glace, avec mon visage en gros autour, et à la toucher. Elle s'appelait l'incisive latérale supérieure gauche. Ce n'était pas la mégadent qui inaugure ce récit, c'était sa voisine de droite (à gauche dans la glace). C'était la seule qui semblait se tenir à carreau dans ma bouche. J'en étais fier, de celle-là, très fier, elle était parfaitement droite, et si je soulevais juste un petit coin de babine avec un seul doigt pour montrer seulement cette dent, on pouvait croire que les autres étaient toutes à l'avenant, parfaites – et voici qu'en la touchant je sens bien qu'elle bouge avec un tout petit cliquement discret et que la gencive qui l'entoure saigne. Elle semblait plus longue que d'habitude. À y observer de plus près, de très près, l'œil collé au miroir, sa racine commençait à être mise à nu sur un millimètre – bon Dieu, elle était en train de foutre le camp, qu'est-ce qui se passe ?

Le docteur Balbec examina les petites radios de contrôle qu'il venait de prendre :

– Eh oui ! C'est bien ce que je pensais ! En fait, vous avez trop de dents et pas assez d'os, alors les dents ont bouffé l'os, mon vieux, maintenant, c'est la course contre la montre… trop de dents ! Vous avez trop de dents dans la bouche, mon vieux, pas assez de place pour tout ça… Faut en enlever !

Sur la radio, il me montrait les espaces noirs, intersidéraux, entre les racines des dents : plus d'os – c'était ça, l'espace noir.

– C'est pour cela que ça saigne de temps en temps et que j'ai souvent mal à la tête ?

– Et comment voulez-vous que cela tienne puisque

14

le parodonte fout le camp! Et vous pensez que c'est indolore?

– Le parodonte?

– L'os sous la gencive! Autour de la racine des dents! Parodontite aiguë, mon vieux!

– Alors qu'est-ce qu'il faut faire?

– Nettoyer tout ça, assainir sous la gencive, supprimer le foyer d'infection avant qu'il n'attaque l'os et aller voir un ortho pour voir ce que l'on peut faire.

– Un ortho?

– Un orthodontiste! Pour redresser les dents parce que, au train où c'est parti…

Un orthodontiste… à mon âge… à vingt-huit ans… c'est impossible.

– Vous devriez aller voir le docteur Naud. Avant, faites une radio pano et un profil.

– Panneau?

– Une panoramique de la mâchoire. Et deux radios de profil.

Ahuri, je suis sorti de son cabinet avec l'ordonnance pour les radios et un petit bout de papier sur lequel l'adresse du docteur Naud était inscrite.

Pano Naud, c'était facile à retenir. J'ai plié le papier et je l'ai placé dans mon porte-monnaie. C'était l'endroit tout trouvé, mais je ne le savais pas encore.

De retour chez moi, je me suis remonté le moral avec du pâté en croûte, des tagliatelles au parmesan, un camembert bien fait et deux crèmes au chocolat. C'était déjà ça de mâché.

Ensuite, ma femme, Maggy, qui est vétérinaire, est rentrée de la clinique. Je lui ai parlé de Pano Naud. Elle a eu l'air inquiète, mais sans plus. Elle a l'habitude des animaux malades.

Alors nous sommes allés au restaurant, puis au cinéma. Je l'ai suivie dans une salle où était projeté un film de Rohmer à vingt-deux heures.

En me réveillant, vers vingt-trois heures quarante-cinq, j'y ai repensé comme ça : *Bergamo, ta bouche fout le camp.*

4

Au cabinet de radiologie qui se trouve en face des jardins de l'Observatoire, à Port-Royal, on m'a fait asseoir sur un tabouret spécial, calé le menton sur un socle en métal et enfin on m'a dit :

– Ne bougez plus pendant quinze secondes.

Un panneau rectangulaire en métal a tourné lentement autour de mon visage.

– C'est fini pour la pano. Maintenant, les profils. Ne bougez plus. Voilà. Ne bougez plus. Voilà. C'est fini, vous pouvez vous lever.

Une fois dehors, je me suis précipité sur la pochette en papier kraft pour regarder les clichés.

Au travers de chaque radio, à l'arrière-plan, je pouvais d'abord distinguer la fontaine de l'Observatoire et, plus loin, les contours du Sénat. Comme c'est beau, Paris !

Ensuite, au premier plan, il y avait comme une photographie panoramique de canyon ou d'horizons infinis. Cela portait bien son nom. Toute ma dentition était étalée, de gauche à droite, sur deux bandes horizontales, l'os. C'était comme si mon crâne avait été décalqué par un char d'assaut sur le film de plastique.

Quant aux radios de profil, elles montraient le crâne et le bec horribles d'un de ces oiseaux disparus dont on conserve le squelette au Muséum d'histoire naturelle.

Il y avait mon nom sur chaque radio : Jean-Paul Bergamo.

Il y avait la date du jour aussi.

Il n'y avait pas de doute possible : au premier plan, c'était donc moi.

5

J'ai montré les radios à Maggy. Elle les a trouvées très bien prises. Elle a dit que, techniquement, les clichés étaient impeccables. Elle a ajouté que, même sur des mâchoires de vieux caniche édenté, elle n'avait pas vu aussi peu d'os entre les dents et qu'il fallait vraiment faire quelque chose.

Sa réaction m'a encouragé. Alors j'ai préparé des spaghettis alteaf (à la tomate et au fromage) et je les ai dévorés.

Le lendemain, avec appréhension et curiosité, j'ai monté rue Saint-Lazare l'escalier qui menait à la porte du cabinet du docteur Naud et j'ai sonné. Un homme en blouse blanche m'a ouvert. Il avait un air d'insecte et des doigts osseux. Il m'a reçu immédiatement : c'était lui, Naud.

– Je suis M. Bergamo. Jean-Paul Bergamo. C'est le docteur Balbec qui m'envoie pour que vous m'examiniez.

Il m'a désigné le fauteuil de dentiste.

– Asseyez-vous, je vous en prie.

En silence, il a examiné ma bouche, et ces radios qui portaient mon nom.

– Vous avez souvent mal à la tête ?

– Comment le savez-vous ? Presque tous les soirs !

– Depuis longtemps ?

– Je ne compte plus... quinze ans peut-être.

– Vous saignez des gencives ?

– Ah oui ! depuis un an ou deux.

Ensuite, il a calculé des angulations sur une feuille blanche avec une équerre, un rapporteur et un crayon HB. Je l'entendais respirer, comme on entend, pendant des examens écrits, souffrir ses voisins d'épreuve lorsque le problème est trop difficile.

Enfin, quand il eut terminé – ou renoncé –, il releva la tête vers moi et me parla d'une petite voix douce :

– Votre bilan dentaire est très... complexe et... cumulé. C'est un tout : vous avez d'abord un important décalage squelettique entre la mandibule et le crâne, c'est-à-dire que votre mâchoire inférieure est trop petite par rapport à votre crâne. Ensuite, vous avez de très grosses dents pour la taille de vos mâchoires. Ces deux disproportions de base impliquent que, seulement pour fermer la bouche, vous devez faire un effort musculaire et articulaire, mais aussi un effort bien plus important pour manger. Vous devez certainement avancer la mâchoire inférieure pour mettre en contact les molaires supérieures et inférieures, c'est-à-dire que vous devez déboîter l'articulation de la mâchoire pour manger...

« Tout le monde ne fait pas comme ça ? » ai-je pensé sans lui dire.

Il a poursuivi son méticuleux et scientifique discours :

– La situation normale est celle où, naturellement, les dents se placent les unes en face des autres lorsqu'on ferme la bouche sans effort, parce que les articulations temporo-mandibulaires sont à leur place normale. Mais vous, pour fermer la bouche, vous êtes forcé de déboîter votre mâchoire depuis… vingt ans au moins. De plus, vos dents étant trop volumineuses par rapport à votre mâchoire, elles se sont forcément mal positionnées en poussant, et l'os qui les soutient a été mis à très rude épreuve pendant toutes ces années – d'où l'inflammation de l'os sous la gencive, le parodonte, d'où la parodontite aiguë, les saignements, les maux de tête…

Il s'est arrêté de parler et m'a regardé avec ses yeux d'insecte.

– Alors ? j'ai dit mollement.

– Je vous dirai franchement les choses : vous avez vingt-huit ans, mais l'os que je vois là sur la radio, c'est pour moi un os qui a travaillé soixante-dix ans. Cela implique que, si nous ne faisons rien maintenant, vous perdrez toutes vos dents d'ici à moins de cinq ans. Par ailleurs, il serait très difficile de vous poser de fausses dents parce que l'os est très mal en point…

Alors j'ai dit :

– Ah… euh… oui…

Il a dit :

– Que faites-vous dans la vie ?

– Je passe l'examen de sortie de l'école d'avocat le mois prochain.

Alors il a dit :

– Ah… Avocat…

J'étais décomposé. Devant mes yeux se bousculaient en écho : bien gentil de me dire ça, pas trente ans, avocat dans un mois, faire de la parole mon métier, dentier avant trente ans, enfin dentier ?... plus de dents du tout : un trou à la place de la bouche. Le tableau de Munch.

Le cri-trou de la bouche : Hiiiii-iiiiiiiiii !

Alors j'ai dit :
– Euh… je vois…

Les visions se sont calmées. Finalement, c'est mon lot, mon tribut à la médecine. Chacun rencontre son lot médical un jour ou l'autre. Celui-là n'est pas mortel. Essayons d'en savoir plus. Comme un otage pressé d'être fixé sur son sort, j'ai repris d'une voix relativement ferme :

– Ah oui… alors, selon vous, il faut donc faire quelque chose. Qu'est-ce que vous me… vous me… proposez ?

– Parvenir à une situation d'équilibre mandibulaire et dentaire qui permette de stabiliser les pertes osseuses et partir sur de nouveaux rapports mandibulaires.

– Concrètement, cela veut dire…

– Assainir l'os, extraire quatre dents et redresser toutes les autres.

– Mais… je ne suis pas trop vieux pour que vous me fassiez bouger les dents ?

Il sourit et je remarquai qu'il avait des dents de rongeur, des dents comme les dentistes seuls savent en fabriquer avec leurs ferrailles, si harmonieuses, mais si stéréotypées – était-il vraiment né avec ces dents-là ? De toute façon, on naît sans dents.

Sa voix fluette se fraya un passage derrière ses dents de rongeur.

– Les dents peuvent bouger à tout âge. Une force de trente grammes appliquée en continu suffit pour faire déplacer une dent. Dans ce cas, la vitesse moyenne de déplacement est de un millimètre par mois.

Cette information m'a ébahi. Penarch, ce dentiste d'il y a sept ans qui m'avait dit en riant qu'il n'y avait rien à faire, ce Penarch était vraiment un sacré connard. J'ai répliqué, comme Bernard Pivot lorsqu'il s'étonne :

– C'est incroyable, ça fait plus de un centimètre par an !

Le docteur Naud semblait s'animer. Peut-être avait-il perçu dans mon ton de voix un message valorisant pour lui, autour d'une notion mathématique – en multipliant 1 (millimètre) par 12 (mois), on obtient 12, soit un total supérieur à 10 (millimètres), donc supérieur à 1 (centimètre) – alliée à l'évocation de « pivot », réalité qui devait lui être encore plus familière.

Il s'anima effectivement :

– Oui ! On peut déplacer les dents à tout âge ! On peut mettre les molaires à la place des incisives – quoique ce ne soit pas vraiment utile, mais c'est possible… on peut tout faire avec des dents et du fil de fer !

– Incroyable ! repris-je, fasciné par l'image de la

lente évolution d'une molaire progressant seule sur une mâchoire, du fond jusqu'au devant, et retournant au fond mais sur la rive d'en face, comme un manège de petits personnages suisses, alsaciens ou bavarois sortant d'un coucou en bois, réglé à un millimètre par mois exactement.

Cette conversation entre hommes autour d'une mécanique de précision ne me déplaisait pas.

Il a poursuivi en confiance :

– Cependant, au cours du traitement orthodontique, votre rangée de dents du bas reculera, et votre profil sera... modifié... il faut que vous le sachiez...

– Modifié ?... euh...

La tournure de la conversation m'évoqua des choses moins scientifiques.

– C'est-à-dire que votre menton, qui est déjà très en retrait, sera très... très... effacé... cela ne sera pas vraiment esthétique...

– Euh... c'est-à-dire ?

– Eh bien, en fait, vous... vous n'aurez plus du tout de menton.

Alors j'ai de nouveau dit « Euh... », pendant que disparaissaient toutes les pendules suisses et les numéros de cirque avec molaire en vedette américaine.

Soit la bouche-trou si l'on ne fait rien, soit l'absolue tronche de rat si l'on fait quelque chose : choisis ! Hiiiiiiiiiiiiiiiiiiiiii ! Choisiiiiiiiiiiiiiiiiiiiiis !

J'ai commencé à me sentir assez mal, et à suer.

24

– Euh… plus de menton… euh… vous ne pouvez pas éviter cela ?

– En ce cas, il faut passer par un protocole chirurgical qui seul permet d'avancer la mandibule pour compenser le recul dentaire. C'est particulièrement recommandé dans votre cas très complexe où l'os sera juste assez solide pour supporter le déplacement des dents pendant le traitement d'orthodontie.

– Ah ? *Protocole chirurgical ?* C'est une opération, quoi…

– Oui, c'est une opération chirurgicale.

Alors il m'a fait un dessin avec son crayon HB – comme il était doué ! Cela dit, c'est une question d'habitude, bien sûr ! Scier longitudinalement les deux branches de la mandibule, les faire glisser en avant et les visser ensuite sur la partie avancée, tout ça sur le papier. C'est drôle, je n'ai jamais tellement aimé les crayons HB, et je ne savais pas pourquoi jusqu'à ce jour.

Je lui ai dit du ton le plus détaché possible que j'allais réfléchir. Je lui ai payé le prix de la consultation, l'ai remercié poliment, et suis sorti en courant.

J'ai couru tout le long de la rue Saint-Lazare.

Le vent tapait contre mon visage affolé.

6

Je suis allé prendre un autre avis. Le docteur Naud pouvait se tromper ou voulait peut-être me vendre une technique de sadique, et pouvait surtout être de mèche avec des fabricants d'horloges suisses. On le voit bien dans les dossiers d'escroqueries. Il y a parfois des médecins parmi les escrocs, et surtout des dentistes, spécialistes ès-crocs.

J'ai demandé une autre adresse au docteur Balbec.

– Allez à la fac, dans le service du professeur Gonzalez. C'est très bien. C'est les meilleurs spécialistes, et puis c'est gratuit ou presque.

Ce jour là, vers dix-huit heures, je me suis préparé une bonne plâtée de trois cents grammes d'alteaf. On ne savait jamais combien de temps cela allait durer cette histoire, il fallait que je prenne des forces.

Ensuite, je suis sorti à l'hôpital Garancière, à côté de Saint-Sulpice, dans le service des spécialistes du parodonte et des mandibules, des mâchoires du style de celles que l'on voit de profil sur mes radios ou sur l'affiche du film *Jurassic Park*. C'était une consultation du soir, vers dix-neuf heures trente.

Cela se raconte maintenant comme un rêve.

Ils sont nombreux autour du cas, moi. Ils sont tous en blouse blanche, bien sûr.

J'ai une attitude très sympathique, je suis un type bien, un type cool, je coopère, m'intéresse à mon cas avec détachement et humour, distinguant soigneusement l'objet médical que je représente pour eux de la personne humaine que je suis à n'en pas douter.

On me désigne un fauteuil – de dentiste, bien sûr.

Celui qui a l'air d'être le Maître est très imposant physiquement. C'est lui, Gonzalez. Il se place derrière moi. J'ai confiance. La confiance que le masochiste ligoté place dans son Maître sadique lorsqu'il ne le voit plus mais sait qu'il va lui faire quelque chose. De ses deux mains énormes, le Maître appuie assez fort sous mes tempes avec ses gros doigts. Il me semble qu'il masse l'articulation de la mâchoire. Il m'intime des ordres :

– Ouvrez ! (j'obéis) Fermez ! (j'obéis) Ouvrez ! (j'obéis) Fermez ! (j'obéis).

Tous les autres regardent cette scène très attentivement, ils sont au moins dix, des internes, des externes, des confirmés, des vieux routiers, des gens de passage qui viennent tâter de la mandibule pour se perfectionner. Une fille assez vulgaire, l'air d'une salope-nue-sous-sa-blouse, mâche du chewing-gum, balance une de ses jambes au travers de la fente de sa blouse et regarde le Maître en train de me tripoter les mâchoires, d'abuser de moi devant elle. Elle aime ça.

Tout à coup, il s'écrie, comme une bonne prise :

– Elle est luxée ! Elle est luxée ! Ah !

Ils s'approchent alors comme des vautours ; le Maître laisse la place et un élève y met les mains. Le Maître me fait face et crie de plus belle, comme Charcot devant une hystérique :

– Ouvrez ! (j'obéis) Fermez ! (j'obéis) Ouvrez ! (j'obéis) Fermez !

Face à moi, il regarde son élève avec des yeux enflammés :

– Est-ce que tu la sens ? Tu la sens ?

– Non, je sens rien ! Je la sens pas…

– Tu la sens pas ?

Il lui prend la main et la guide à l'endroit où ça se sent que ça se sent.

– Ouvrez ! (j'obéis) Et là, là. Fermez ! (j'obéis) Est-ce que tu la Ouvrez ! (j'obéis) sens, là ? Fermez ! (j'obéis).

– Oh oui ! je la sens, maintenant, oui, oui !

On entend « clic » – moi en tout cas.

– Elle est luxée ! Ah, je la sens bien ! dit-il.

Alors ils me sont tous passés sur les tempes, et la salope aussi, à presser leurs mains sur mes articulations pour sentir le clic. Il y avait la queue comme dans un bordel militaire de campagne. Bon Dieu, ils n'avaient pas autre chose à faire de leur soirée qu'à tripoter mes tempes. C'était leur métier. Pendant le défilé des blouses blanches, je pensais que, dans d'autres hôpitaux, à la même heure, certains de leurs confrères fourraient leurs mains dans des trous du cul (Est-ce que tu les sens, les hémorroïdes ? Oh oui !), reniflaient de la pisse (Est-ce que tu la sens, la surdose d'acide urique ? Oh oui !) ou pressaient des chancres jaunes giclant (Est-ce que tu les sens les staphylos ? Oh oui !) : c'est bien ça, le corps médical, il faut qu'il tâte avec la main, l'œil ou le nez là où ça suinte, là où il y a des trous ou des bosses, pour trouver des signes, des preuves. Je crois qu'ils auraient même apprécié que je leur rende mes alteaf pour examiner comment elles avaient été mâchées.

Et pendant que la salope tripote ma preuve avec ses mains, les larmes rentrées, je pense que c'est foutu : « Mâchoire luxée, pleine de *luxure, putain* de mâchoire, de la *luxure* qui arrête pas de se déjanter depuis vingt ans que. Vingt ans que... »

Pendant ce temps, un peu en retrait, un vieux médecin regarde mes radios. Il sort la langue, se lèche les babines et jette de temps en temps un coup d'œil à mon profil. Il pratique non seulement l'amour à distance, mais aussi le *mandibulus interruptus*. Il va et il vient, lui aussi, mais avec les yeux — bon sang, ils partouzent tous avec moi dans ce service, j'ai l'impression d'être un objet sexuel démultiplié dans l'espace — et puis il lâche tout à coup :

— Eh ben, si quelqu'un a besoin d'être opéré, c'est bien vous ! Si on n'opère pas, c'est l'arthrose de la mâchoire dans trois ans !

— Qu'est- Ouvrez ! (j'obéis) ce Fermez ! (j'obéis) que Ouvrez ! (j'obéis) c'est ? Fermez ! (j'obéis), ai-je trouvé la force d'articuler entre deux prises de tête.

— Ouvrez ! (j'obéis) C'est que vous Fermez ! (j'obéis) ne pourrez ni fermer, ni ouvrir la bouche. C'est Ouvrez ! (j'obéis) la calcification de l'articulation. Fermez ! (j'obéis) Risquez de rester coincé. Faut opérer absolument !

Et les autres d'opiner comme des ânes et de plus belle, et les voilà tous au bord de la joie suprême d'avoir trouvé un beau cas.

Et moi, je m'en réjouis, je m'en réjouis de ce diagnostic, comme ils ne peuvent pas l'imaginer. Alors je m'adresse à tous, très poli, vraiment irréprochable de correction :

– Eh bien, je préfère savoir cela maintenant ; c'est ce qu'on m'avait déjà dit, mais je préférais en avoir confirmation de la part de véritables spécialistes… vous n'êtes pas des escrocs, quoi…

Ils m'ont regardé gentiment en souriant. Ils sont habitués à toutes sortes de gens.

– … C'est vrai, quoi, si vous, les véritables spécialistes ès-crocs, vous confirmez ce que l'on m'a dit, c'est que c'est bien vrai.

En réalité, ils avaient l'air assez indifférents à mon discours de bienvenue dans la foi de leur science. Je ne leur en ai pas voulu. Mes mandibules seules suffisaient à leur bonheur. Ils avaient trouvé en moi la justification de leur spécialisation professionnelle – mais je connais ce sentiment, moi aussi, dans mon domaine : dans ces cas-là, on a l'impression de triompher : bon sang, on n'a pas choisi sa marotte pour rien, on n'a pas étudié trois ans de plus pour rien, car les voici, les cas qui viennent alimenter notre spécialité et constituer notre gagne-pain certes, mais surtout nous rendre indispensables et nous confirmer que nous existons.

Voilà, c'était tout, c'était le diagnostic, il n'y avait plus rien à espérer d'autre : le docteur Naud avait raison, et il allait falloir y passer.

Après avoir pris congé de mes hôtes en blanc, je suis très sereinement redescendu vers le service comptabilité de l'hôpital. Une bonne femme sans sexe derrière un guichet m'a donné un ticket long comme celui qu'on vous tend dans les hypermarchés lorsqu'on fait les courses pour trois semaines, et en double exemplaire – c'était grotesque. J'ai payé quelque chose comme treize francs soixante-quinze. Au moins, on ne pouvait pas dire que l'Hôpital se moquait de la Charité.

– Merci, madame, ai-je articulé, l'air très poli et respectueux, irréprochable, soulagé.

Voilà, c'était tout. C'était fini. C'était la consultation à l'hôpital universitaire, à Garancière, pour avoir un avis extérieur – eh bien, voilà l'air pur de la rue, on respire bordel de merde... z'avaient l'air compétent... malheureusement... ou heureusement... *on va te refaire la tronche, mon vieux...* c'est des spécialistes, font ça toute la journée, peuvent pas se tromper de diagnostic ceux-là... clic, c'est vrai que ça clique, que c'est pas en face, c'est vrai que ça fait mal depuis... depuis... au moins quinze ans... *DZiiiiiiiiinnnnng, c'est le bruit de la scie, tu entends ?...* ben, c'est bien d'avoir un avis avisé comme ça... *On va te scier la gueule, nom de Dieu de putain de merde, comme on scie une chaise et qu'on casse du petit bois en morceaux : crac, crac, crac, crac, t'entends ?...* sûr qu'y a pas le choix maintenant, finalement, c'est une bonne chose que je le sache maintenant, sinon cela aurait été trop tard pour sauver les dents, comme l'a dit le docteur Naud… *C'est de toute façon trop tard, et ils vont te rater : il y aura des complications, tu passeras plusieurs fois de suite sur le billard, et ensuite, ils t'auront tellement défiguré que tu ne te reconnaîtras même plus dans une glace, il faudra te promener avec un drap sur la gueule pour éviter les émeutes dans les rues. Tu devras pleurer pour montrer que tu es encore un être humain. Au fond, tu sais pour qui on te prendra ? Le frère jumeau d'Elephant Man (Hello [bruit de chlurrp]. I'm John Merrick's twin brother [bruit de chlurrpp]. I'm a human being too. Believe me ! Believe me !) mais personne ne voudra te croire, pauvre con – achète un flingue tout de suite et tire-toi une balle !*

Je me suis mis à courir dans la rue en répétant très bien, très bien, très très bien, je suis fixé, fi-xé, dé-jà-ça, très-bien.

Je suis rentré chez moi vers vingt-deux heures et j'ai erré de long en large dans l'appartement comme un chameau sauvage. Maggy était au téléphone avec une cousine dépressive. Ça a bien duré deux heures, alors je me suis couché.

Toute la nuit, en me prenant la mâchoire à pleines mains, je me suis demandé s'il ne valait pas mieux que je l'arrache moi-même.

Au matin, Maggy m'a engueulé parce que je l'avais empêchée de dormir.

Alors je lui ai gueulé dessus en pleurant. Type coule.

7

Ma mère est venue à mon appartement parce qu'elle passait dans le quartier pour je ne sais quoi et elle non plus.

Je lui ai dit d'une voix sinistre que les médecins pensaient à moi en termes de luxation, de parodontite aiguë, de déchaussement généralisé et d'arthrose de la mâchoire.

– Ah ? dit-elle. Mme Amiot, tu te souviens ? Il fallait qu'on y retourne… et puis on y est pas retourné ! Il faut que j'y aille.

Et elle est repartie vaquer à ses occupations.

C'était déjà trop tard en mille neuf cent soixante-dix-neuf. C'était au-delà de tout délai en mille neuf cent quatre-vingt-treize.

Mme Amiot. Je me souviens très bien. Il faut que j'y aille.

Nation par Barbès, c'était la ligne de métro que nous prenions les jeudis avec ma mère pour aller chez l'orthodontiste, Mme Amiot. Il fallait qu'on y retourne « en septembre ». Septembre… mille neuf cent soixante-douze ? Mille neuf cent soixante-treize ?

Je m'en souviens comme si c'était hier – la fin de l'année scolaire, en juin : elle enlève l'appareil fixe du bas, en résine rose, et laisse l'appareil amovible du haut, qui me servait à faire des bruits de crapaud et de galops de cheval avec la langue.

Elle avait dit :

– Je vous attends en septembre pour installer un autre appareil.

En septembre, je savais bien qu'il fallait y retourner. Je l'avais rappelé à ma mère, comme un prisonnier qui viendrait signaler mollement à son gardien qui le libère par erreur : dites, j'ai pas encore trois ans à faire ?, parce qu'il sait bien qu'un jour on le rattrapera s'il sort avant terme, on le rattrapera, un jour ou l'autre.

– Faudrait pas retourner chez Mme Amiot ?

Alors, en septembre, j'ai enlevé l'appareil amovible du haut et je l'ai jeté dans la poubelle de la cuisine.

Vingt ans après, les gendarmes m'ont rattrapé. Me voici reprenant seul le chemin de Barbès, et c'est bien comme ça finalement. J'ai une peine à purger, ni à Barbès – Mme Amiot n'exerçait plus – ni chez le docteur Naud, qui avait trop eu raison.

J'ai fait des alteaf tous les soirs. Bon Dieu, qu'est-ce que c'est bon ! Maggy a enfin compris qu'il se passait quelque chose de grave. Elle m'a dit qu'à cause de la surdose d'alteaf elle avait pris deux kilos en dix jours. Alors elle a décidé de m'écouter sérieusement.

Je lui ai tout raconté. Elle en a parlé autour d'elle, avec ses confrères vétérinaires, et, finalement, elle m'a donné le nom de quelqu'un qui avait semblé très bien lors d'un congrès sur « Les mammifères et leur dentition », et qui s'occupait des hommes. Il paraît que c'était un Grand Nom.

Alors je me suis rendu chez le docteur Monique Malléole, la fille de feu le grand Malléole, le grand redresseur de toutes les dents récalcitrantes, qui lui avait transmis l'art de mater les mutineries buccales, surtout celles qui couvent et résistent depuis des années, galvanisées par le chant des molaires : *Ho... hisse, sortons d' là camarades ! Poussez pas, derrière !*

8

Boulevard Malesherbes, j'ai sonné en sifflotant à la porte du docteur Malléole.

Un Grand Nom, c'est souvent quelqu'un qui dit : « Non, non, il faut laisser comme ça ! » contre l'avis de tous. Un Grand Nom, c'est un Grand Non.

Je n'ai pas pris l'ascenseur, ce qui m'a permis d'arriver devant sa porte en ayant terminé de siffloter le presto du dixième prélude du *Clavecin bien tempéré*.

– Bonjour, docteur. Je suis Jean-Paul Bergamo. Je souhaite que vous m'examiniez.

Elle m'a demandé de prendre place dans le fauteuil, a regardé les radios qui, je devais bien l'admettre, étaient les miennes, et m'a examiné en silence.

En soupirant, elle a dit doucement :

– C'est l'anarchie dans votre bouche… Il faut tout refaire. Il y en aura pour plusieurs années de travail. C'est évident.

J'ai senti un grand vide. J'aurais aimé qu'elle accuse ma mère, qu'elle me dise : « Comment cela a-t-il pu être négligé par vos parents ? Vous provenez apparemment d'un milieu aisé… Je ne comprends pas… » Mais elle n'a rien dit de tel. Le vide me rongeait de l'intérieur.

– Oui, évidant, lui ai-je répondu avec lassitude. Quand pouvons-nous commencer ?

– … Et puis la chirurgie, bien sûr. On vous a parlé de la chirurgie ?

– Oui, on m'a expliqué déjà… Quand pouvons-nous commencer ?

– Il faut voir…

Elle a examiné les radios plus attentivement.

– Dans un an, monsieur, après le curetage profond.

– *Curetage profond ?*

– Oui… vous verrez cela avec le docteur Balbec, il vous expliquera. Pour la chirurgie, vous irez chez Tilleul, Noir et Larbi. C'est avec eux que je travaille. Et puis il faudra que vous alliez voir Cohen, plus tard. Oui, plus tard, Cohen, plus tard, juste avant l'opération.

Je me suis levé du fauteuil, mon corps était lourd. J'ai payé la consultation, elle m'a raccompagné dans le couloir. Je lui ai dit au revoir.

– Au revoir, monsieur, bon courage !

Sur le pas de sa porte, elle m'a regardé singulièrement, en me tenant la main plus longtemps que la normale, manière de compatir, et cette sollicitude particulière m'a terrifié : c'était sérieux.

Le chantier allait-il enfin commencer ? J'avais hâte maintenant. J'aurais tant aimé reprendre dès aujourd'hui le chemin de Barbès. Attendre un an. Quand on sait qu'on a perdu vingt ans, est-ce qu'on peut accepter de perdre encore un an? *Curetage profond! Qu'est-ce que c'est que cette horreur?*

Cela me rappelle l'histoire d'une sonate de Bach pour flûte et clavecin. J'ai joué cette sonate à la flûte, et j'ai cessé de la jouer ensuite. Je me la sifflais, par cœur.

Après plusieurs années de sifflement de mes souvenirs, j'ai tout à coup décidé d'acheter le disque. Cela devenait un impératif, la suite des notes s'altérait dans mon souvenir et ne suffisait plus à une reproduction fidèle en sifflant. J'ai trouvé le disque et j'ai couru chez moi l'entendre. C'est à ce moment précis que le lecteur de disques a déclaré forfait. C'était un samedi soir. J'ai passé un dimanche d'abord épouvantable, puis philosophique : n'étais-je pas déjà en possession du disque? Ne devais-je pas accepter qu'il y ait des étapes? Non, trop d'attente, plus d'étapes possibles! Lundi, je me suis précipité pour acheter l'appareil qui puisse me faire entendre cette musique, n'importe quel appareil aurait convenu – même un appareil dentaire.

Apprenti philosophe, je suis retourné chez le docteur Balbec, à la case départ – mais c'est lui qui allait toucher les billets de banque. Pour compenser, j'ai inauguré les spaghettis au pistou maison, pour faire partager l'odeur de l'ail.

9

Voici venu le temps du curetage profond ! Ô poésie
de cette dénomination gynécologiquement évocatrice !
On va te la curer profond, la bouche, enlever les rési-
dus amassés de la fausse couche buccale de Barbès, tu
vas voir, ça va être sympa… Je te dis de tirer une balle !
Un peu anxieux, j'ai téléphoné au docteur Balbec.

– Allô, docteur Balbec ? C'est M. Bergamo. Mon
orthodontiste m'a dit qu'il fallait que je fasse faire un
curetage profond. Qu'est-ce que c'est ?

– Le curetage profond est un détartrage sous les
gencives, sous anesthésie locale. Il est préconisé dans
votre cas de parodontite. Il se déroule sur quatre
séances, une par secteur (un secteur dentaire est une
moitié de mâchoire, soit sept dents) programmées sur
huit mois, avec ensuite quatre mois de répit pour voir
l'évolution de l'os. On peut commencer mardi prochain si vous pouvez.

– D'accord, à mardi.

Je suis complètement allongé sur le fauteuil. Sur
mon visage, un drap chirurgical vert ménage un trou

pour la bouche. Elle doit rester ouverte. Je suis boulevard Malesherbes. Je suis l'ail du pistou. Qui le croirait ?

Je me perçois comme un personnage de tableau de Francis Bacon : un trou rouge entouré de vert, tournoyant. Note : pendant que j'attends la bouche ouverte, pourquoi ne pas réfléchir sur la liaison entre la polysémie du nom *Bacon* et l'aspect viande de ses représentations du corps humain ? Bacon est-il un enfant de Boucher ou de Soutine ? (Noter le jeu de mot boucher-Boucher et rechercher l'équivalent en anglais. Envie de vomir tout à coup. Arrêter de penser à cela.)

La première fois, eh bien, c'est toujours comme la première fois : c'est la surprise des débuts, on ne peut comparer à rien d'autre. La piqûre d'anesthésiant dans le palais provoque une douleur fulgurante et insensée, mais l'engourdissement prend le relais rapidement, et, dix minutes après, Balbec peut couper en rondelles la gencive gauche pendant que je reprends, mais sur un mode mineur, le développement de la problématique Bacon-Soutine, soit petit déjeuner anglais-petit déjeuner continental. Ensuite, le sujet s'épuise. Trouver autre chose à penser, car le temps est un peu long sous le drap chirurgical à entendre les bruits de raclements de toute sorte, ça semble pisser le sang dans la bouche – mais cela reste incertain, l'organe du goût est perdu à cause de l'anesthésie. Je ressors de là avec un pansement de carton-pâte sur le secteur de gencive cureté, un sac de glaçons à presser sur la joue du côté opéré, et passe au supermarché pour acheter de la purée pour dix jours.

La deuxième séance est moins surprenante. J'ai évité le pistou, acheté la purée et mis les glaçons au frais. La piqûre fait encore plus mal, car elle se redouble du souvenir de la précédente. L'aiguille semble interminable, et Balbec est un fils de pute à faire ce boulot de racleur de tartre rance pour le fric, mais aussi pour le plaisir, évidemment.

La troisième séance est entourée de loin sur l'agenda, de façon à n'inviter personne à dîner ni à être invité par quiconque dans la semaine qui suit pour éviter de raconter aux hôtes pour la troisième fois ce qu'est un curetage profond, de leur expliquer pourquoi on ne mange que de la purée et ce que *DZiiiiiiiinnnnng* veut dire, ce qui provoque toujours un effet des plus saisissants à table – toutes les mâchoires s'arrêtent, et les questions fusent : Tes parents ne t'ont pas fait porter un appareil dentaire quand tu étais petit ? Comment fais-tu pour supporter ? Tiens, reprends un peu de moutarde – je ne peux pas, merci, à cause de… je viens de vous expliquer. La piqûre fait vraiment très mal, j'y pense deux heures avant d'y aller, en croquant des gousses d'ail à même les spaghettis, et quand j'y suis, cette espèce de mai-neguélé me prend tendrement la tête dans sa grosse main pour planter sa longue aiguille longtemps dans mon palais pendant que je pleure en me demandant ce que l'on me veut exactement, qui est Dieu, et pourquoi moi et pas les autres – questionnement classique de

41

tout torturé, je crois. Ensuite, sous le drap chirurgical, je me dis que je vais pouvoir me reposer, au fond – mais les bruits de raclement redoublent, et l'œil, par le trou laissé pour le boulot du maineguélé, imagine la bouche ensanglantée ; l'œil entr'aperçoit des cotons hydrophiles pleins de sang, que l'assistante dentaire trimballe au bout de pinces par-dessus le drap ; l'œil voit ce bourreau-salopard penché, très concentré, l'air de faire quelque chose de très délicat : mais là, l'œil n'entend plus rien du tout. Silence radio. L'œil s'agite, s'interroge, essaie de sortir de son orbite. *Francis Bacon. Sans titre, 1950, plus connu sous l'appellation « L'œil dentaire ».*

Bon Dieu, qu'est-ce qu'il fout, qu'est-ce qu'il fabrique – et là, je comprends qu'il est en train de couper un morceau de gencive avec son scalpel, tout du long, *fff*, comme un bout de lard, combien je vous en mets ? Je prends une suée à penser ça sous le drap, et une envie de vomir – mais peux pas bouger : c'est bien sûr ! C'est pour cela que je n'entendais rien, *fff*, *un silence triple forte*, ça ne s'entend pas – et puis raclements et grattements de nouveau, l'envie de vomir passe, et retour en terrain connu. Je me dis que j'ai rêvé, que non, il n'a pas pu enlever un morceau de gencive comme ça, j'aurais senti quelque chose si… eh bien, non justement je n'aurais rien senti du tout si. Alors j'attends fébrilement dix jours, qu'il enlève le pansement pour voir le résultat, les restes du festin : la barbaque y est toujours, Soutine et Bacon peuvent aller se rhabiller.

La quatrième séance est un jour de fête parce que c'est la dernière. La douleur de la piqûre, somme des trois douleurs précédentes, me fait chialer et jouir comme un masochiste en transe, et au G. M. (gentil maineguélé) qui se penche sur moi, je dis merci – en pensée, car j'ai la bouche ouverte – c'est bon ce que tu me fais, docteur, mets-moi ta seringue et son aiguille tout entière jusqu'au cerveau, oh oui ! Moi, je mets cette douleur sur le compte de la dernière fois, je te laisse me racler, me gratter, comme tu veux, G. M., me découper toute la gencive comme tu le sens, fais de moi ton objet-total-buccal-soumis, et après je te paie avec soulagement, je te donne même mon stock maison de purée d'ail frais, parce que c'est fini cette horreur, c'est fini – même envie de lui donner plus pour qu'il ne recommence plus jamais.

Quatre mois après la dernière séance, je suis revenu voir le docteur Balbec. La gencive avait reculé d'environ un millimètre et demi sur l'ensemble de la dentition. C'était normal. Elle épousait l'os et l'avait rejoint pour la nuit de noces. Il a examiné l'état de l'os sous les dents : stabilisé. Il n'y avait plus d'infection sous les gencives, l'os allait pouvoir ne plus se détruire : formidable !

Formidable. Je crois que, si cela continue comme ça, il faudra que j'aille voir un docteur pour la tête. L'avantage des docteurs pour la tête est qu'on peut les consulter sans leur apporter les radios du canyon et de l'oiseau préhistorique.

Il suffirait de lui dire, au docteur pour la tête :

– Aïe…

Et il dirait :

– Ail ?

– Oui, j'ai un mal de dents…

Et il dirait :

– Mal dedans ?

Et cela serait fini pour la semaine. Sans curetage profond. Sans l'œil dentaire.

C'est décidé : spaghettis alteaf tous les mercredis soir et tagliatelles primavera le vendredi. J'abandonne définitivement le pistou. D'ailleurs, Maggy n'aime pas ça.

10

Cela faisait maintenant plus d'un an que j'avais consulté le docteur Naud, le service de Garancière et le docteur Malléole. Alors, j'ai repris le chemin vers Barbès.

Maintenant, j'allais commencer de renouer un fil, un fil dentaire interrompu par quelque chose de troublant, d'incompréhensible : l'adhésion, comme par l'effet d'une colle forte, à l'indifférence de ma mère, collage qui m'a fait renoncer dès l'âge de huit ans au projet d'avoir une dentition normale. *Blabla, tout ça ! C'est ta mère qui n'a pas voulu, c'est tout. Elle en avait rien à fiche que tu sois laid du bas, elle te l'a dit : T'es laid du bas. Alors arrête de battre ta coulpe, pense plutôt au calibre que tu vas utiliser : 38 ou 45 ? T'aimes bien siffler, non ? Une balle, ça siffle très bien, tu sais, surtout de près !*

— Docteur Malléole ? C'est M. Bergamo.
— Oui, monsieur Bergamo, comment allez-vous ? Le curetage profond est terminé ?
— Oui, ça va bien, c'est terminé.

– Je souhaiterais que vous preniez rendez-vous avec le chirurgien avant de revenir me voir. Tilleul Noir Larbi, rue de Saint-Pétersbourg.

– D'accord. Je vous rappelle dans quinze jours.

Le fil passait maintenant par un rendez-vous chez le chirurgien. Tous les chemins mènent à Barbès.

11

Bon, il faut y aller – c'est ce que je me dis –, mais cela va être intéressant puisque c'est nouveau – j'aime bien les choses nouvelles, étranges : la rue de Saint-Pétersbourg, par exemple, s'appelle aussi rue de Leningrad – parfois on s'y perd sur les plans.

En sifflant « Plaine, ma plaine », j'ai arpenté cette rue du haut en bas pour enfin tomber sur une plaque en cuivre indiquant : « SCP Tilleul-Noir-Larbi, Traumatologie Dento-Faciale », alors j'ai arrêté de siffler.

Les chirurgiens me reçoivent dans leur cabinet, rue de Leningrad-Saint-Pétersbourg. J'ai rendez-vous avec deux d'entre eux seulement, Noir et Larbi.

C'est drôle, un cabinet de chirurgien. Il n'y a rien qui rappelle la salle d'opération. Cela ferait trop peur.

Ce n'est pas comme chez un médecin – on n'a rien à faire entendre, rien à faire tousser, non, on a juste à rencontrer le chirurgien pour qu'il vous explique l'opération, c'est presque administratif, un peu comme un promoteur immobilier qui vend un immeuble qui n'est pas encore construit.

C'est le plus jeune qui me reçoit, le docteur Noir. Il

a l'air d'un play-boy et mâchouille du chewing-gum.
Je n'aime pas ses chaussures. Je me demande selon
quelles règles les chirurgiens s'habillent. Ils n'ont pas
vraiment de contraintes sociales ou d'obligation de
représentation, ils doivent donc garder des habitudes
d'étudiant. Ils sont forcément décalés par rapport à
d'autres catégories socioprofessionnelles de même
niveau. (Noter : proposer monographie de sociologie :
« *Coutumes vestimentaires des chirurgiens* »).

Il me fait asseoir en face de lui et, se mettant à sa
table, il sort un crâne de son tiroir, automatiquement,
comme on sort un chéquier pour régler la facture du
téléphone. Il y avait pas mal de vis sur ce crâne, et
je ne comprenais pas très bien. Je me suis tout de
suite demandé à qui était ce crâne et je me suis sou-
venu que l'on pouvait acheter des crânes dans une
boutique médicale à côté de la faculté de médecine,
carrefour de l'Odéon – c'était donc dans le commerce. (Vérifier ce point de droit : *Conditions juri-
diques pour qu'un morceau de squelette humain soit
dans le commerce.*)

Pour Noir, ce crâne est comme l'appartement-
témoin pour le promoteur. Il a laissé le crâne sur la
table et a regardé les radios. Puis il m'a examiné
de face et de profil.

Un peu gêné par le silence et par son regard, j'ai dit
fièrement, mais d'une voix un peu étranglée :

– J'ai déjà fait un curetage profond.

– Ah oui ? a-t-il répondu.

Il a appelé son confrère Larbi par téléphone.

– Tu peux venir examiner un patient avec moi ?

Larbi était nettement plus âgé, c'était une sorte d'ancêtre des spécialistes de découpe de mandibules. Il avait dû en scier pour en arriver là. Il est arrivé en fumant un cigare. Il a jeté un coup d'œil aux radios, puis s'est tourné vers moi, comme un type qui prépare un mauvais coup.

Ils m'ont tourné autour du visage tous les deux en silence, comme des mages ou des sorciers, je voyais leurs faces alterner en orbite devant ma figure, à la fois flatté d'attirer ces deux satellites remarquables et inquiet de tant d'attention – ils vont bien finir par me tomber dessus, je suis trop attractif pour eux.

C'est alors que Larbi, amorçant sa descente dans mon atmosphère, a dit en regardant comment mes dents se plaçaient entre elles :

– Vous avez des rapports complètement déconnants, mon vieux ! Plus vous mâchez, plus vos dents foutent le camp les unes par rapport aux autres. Faut opérer absolument !

Pendant ce temps-là, Noir me demandait d'ouvrir, de fermer, d'avancer, de reculer ma mandibule et, tâtant mes lèvres, regardait attentivement comment elles se plaçaient. En le voyant faire, Larbi s'exclama en m'agrippant le nez de sa main libre de cigare :

– Et puis ce nez, ce nez, ce nez !

Il ne voulait plus me lâcher le nez. Il reprit :

– Comme il tire la lèvre supérieure ! Vous voulez pas qu'on vous opère du nez pendant qu'on y est, ça ferait d'une pierre deux coups !

Larbi lâcha mon nez. Il avait causé pas mal de dégâts à l'atterrissage. Il était tombé sur un mémorial.

J'ai décliné cette invitation en riant jaune, en disant que je tenais à mon nez comme il était, que j'étais très fier de mon nez, et je pensais à ma mère, *qui m'avait donné son nez,* ce pif à cause duquel pendant la guerre elle avait été soupçon-nez par la Gestapo d'être juive, et moi par le lieutenant pendant le service militaire. (Proposer un sujet à destination d'une classe de philosophie de terminale littéraire : « *À la lumière du texte de Sartre ci-joint que vous étudierez attentivement, vous méditerez en quinze pages sur la phrase suivante : « Né pour soi, Nez pour autrui : Fierté de l'être-nez ou névrose obsessionnelle ?* » Prévoir au moins quatre heures.)

Larbi m'a répété que, pour lui, cela ne faisait pas de doute que je devais être opéré, *sans doute Bimax,* a-t-il lancé à son confrère, au revoir, monsieur, et il est reparti dans son bureau.

Je suis resté seul avec Noir et Bimax.

Noir a amorcé sa descente vers moi plus en douceur, par une approche concentrique et consensuelle, surprenante de la part d'un play-boy mâchouillant du chewing-gum.

Il m'a expliqué en quoi consistait exactement l'opération.

Empoignant le crâne sur sa table, il m'a montré les vis, a prestement déboîté l'articulation de la mâchoire pour me la montrer de plus près.

Je ne pensais pas que l'os était si fin, si étroit. Il est vrai que seuls les étudiants en médecine, les chirurgiens, certains fossoyeurs, les bourreaux, ou les gens comme moi maintenant, ont cette connaissance présente à la vue ou à l'esprit.

La mandibule en main, il m'a montré le trajet du bistouri électrique, qui la découpe finement dans le sens de la longueur, puis on la casse d'un geste sec, un peu comme l'os de poulet que l'on se partage quand on fait un vœu – et il la détache en enlevant les vis – enfin on fait glisser les deux parties l'une sur l'autre pour avancer la mâchoire, et on fixe, et voilà.

– C'est incroyable, c'est de la menuiserie ! ai-je lâché, émerveillé.

– C'est une opération impressionnante, mais qui ne fait pas mal. Vous avez seulement la tête qui enfle comme un chou-fleur pendant quinze jours.

– Ça laisse des cicatrices ?

– Non, pas de cicatrices visibles, on passe par l'intérieur.

– L'intérieur ?

– On incise en profondeur la muqueuse buccale au bas des dents inférieures et on retourne toute la peau pour découvrir la mâchoire.

– Un peu comme un gant ?

– Voilà, comme un gant, sur toute la partie inférieure du visage.

J'ai commencé à sentir la nausée monter. Une fois, j'avais coupé une balle de tennis en deux. On pouvait retourner les deux demi-sphères, cela faisait « plop ». Un bas de visage retourné ne devrait pas faire « plop », mais plutôt « frouitch ».

La lente descente de Noir dans mon atmosphère se faisait ressentir aussi. Il a regardé les radios et a ajouté :

— Les dents de sagesse du bas, il faut les faire sauter maintenant, parce qu'elles sont sur le trajet du bistouri électrique. Il faut le temps que l'os se reconstitue d'ici à l'opération, donc vous irez vous les faire enlever tout de suite.

— D'accord, j'ai dit. Et... euh... qu'est-ce que c'est, *bimax* ?

— Bi-maxillaire. On coupe la mâchoire du bas pour l'avancer. Mais comme il y a un déséquilibre avec votre lèvre supérieure, on bascule le plateau supérieur.

— Plateau supérieur ?

— Eh bien, comme vous voyez sur le crâne, on scie horizontalement la mâchoire supérieure sur toute sa surface – le trait de scie passe au-dessus de la racine des dents, bien sûr – et on bascule le plateau supérieur de quelques millimètres pour rectifier la position. On attache avec des broches et des plaques comme vous le voyez sur le crâne, là.

— Ah oui ! c'est ça, les vis ! j'ai dit, redoublant d'enthousiasme. Et on enlève les plaques après ?

— Non, on les garde toute la vie. Carbure de tungstène. Très résistant.

— Et la mâchoire du haut est complètement... coupée ?

— Oui. Enfin, il ne s'agit pas de la mâchoire. C'est le plateau osseux dans lequel sont plantées toutes les dents supérieures. On le scie, on l'enlève, on le pose sur la table, on calcule, on ajuste, et ensuite on le revisse.

Je voyais mes mâchoires sanguinolentes sur une table, pendant que les chirurgiens faisaient la pause-saucisson.

Noir survolait maintenant très bas des zones habitées. Il allait s'écraser d'un moment à l'autre. Il faudrait qu'il fasse jouer un peu les rétrofusées.

– Et… vous pensez que c'est nécessaire dans mon cas, ce… bimax ?

– Larbi vous a dit que oui. Moi, je pense qu'on peut juste faire une avancée de la mâchoire inférieure.

Rétrofusées.

J'étais satisfait de cette solution. Bon, il fallait se faire enlever les dents de sagesse, et puis juste une avancée de la mâchoire – le bimax ira se faire scier ailleurs ! Je lui ai dit avec le sourire :

– Alors, au revoir, docteur, certainement à bientôt…

– Certainement, m'a-t-il dit en souriant, remarquant ma décontraction.

Parachutes. Noir a atterri sans trop de dégâts dans une zone inhabitée.

Quand j'ai passé le pas de la porte, j'ai repensé au fait de savoir à qui avait appartenu ce crâne de démonstration et j'ai entendu *Dziiiiiiiinnnnng, crac, crac et crac. Ce crâne, c'est celui d'un type comme toi, qu'ils ont raté. Max, il s'appelait, le type… surnommé Bimax parce qu'ils l'ont raté deux fois : lui ont pas bien retourné le visage, frouitch, comme un gant en caoutchouc, et lui ont mal scié la mâchoire. Sont pas arrivés à s'entendre pour le crac final. Pourtant s'y sont mis à deux pour le rater, le play-boy et le fumeur de cigare, un sur chaque branche de la mâchoire, en prenant appui sur le front avec les godasses – ces godasses de chirurgien, godasses d'étudiant glandeur : dziing, crac, crac, merde : raté. Savaient plus quoi en faire, des bouts d'os. Pouvaient pas le réveiller comme ça, le futur Maxbi, avec la gueule à moitié retournée... Alors ils l'ont anesthésié carrément. Une bonne piqûre dans le palais, jusqu'au cerveau. Ensuite z'ont vendu le crâne en pièces détachées. C'est dans l'commerce, mon vieux ! Et puis... tu te souviens Balbec, le bourreau du parodonte ? La p'tite piqûre ? T'as aimé, hein ? Eh ben, c'est rien la p'tite piqûre, par rapport à Max et Bimax. Va te tirer une balle là-dedans, nom de Dieu, il en est encore temps – j'ai un bon prix sur les 38.*

Et dans la rue j'ai chialé comme une fontaine qui vomit.

12

– Docteur Malléole ? C'est M. Bergamo.

– Oui, monsieur Bergamo. Ça s'est bien passé, chez Noir et Larbi ?

– Oui, très bien.

– Qu'est-ce qu'ils ont dit ? Bimax ?

– Larbi a dit Bimax et le nez, et moi pas le nez, et Noir euh… pas bimax.

– D'accord, une avancée de la mâchoire inférieure seulement.

– Oui, voilà, le bas seulement. Et ils m'ont dit qu'il fallait que je me fasse enlever les dents de sagesse, qui sont sur le trajet du bistouri électrique.

– Ah oui ? Alors il faut le faire tout de suite. L'os se reconstituera d'ici un an. Car vous serez opéré dans un an et demi au moins. Faites-le et revenez me voir quand cela sera cicatrisé. Allez voir le docteur Ducoin, à la clinique de Bourg-la-Reine.

– D'accord. À bientôt.

– À bientôt.

Malléole était une geôlière qui savait se faire désirer.

– Pour un traitement orthodontique, s'il vous plaît ?

– Prenez Barbès par Malesherbes, Barbès par Saint-Pétersbourg ou par Lénine, puis Barbès par Montrouge. Ensuite vous prendrez le boulevard Malesherbes. Vous pourrez pas vous tromper, c'est tout pas droit, comme vos dents.

13

Petit soldat appliquant le règlement des blouses blanches, j'ai pris rendez-vous dans la clinique du docteur Ducoin, à Montrouge, pour me faire arracher les dents de sagesse du bas, dites inférieures, comme si la sagesse était hiérarchisée.

– Bonjour, je suis M. Bergamo. J'ai pris rendez-vous pour me faire arracher les dents de sagesse du bas.

– Oui… pour une extraction des dents de sagesse inférieures ?

Le docteur Ducoin a regardé mes radios et a tâté avec ses gros doigts au fond de ma bouche la zone où elles sont cachées, dans l'os.

(Commander maintenant un sondage national, pour en avoir le cœur net : *Taille moyenne des mains et des doigts chez les dentistes* – sous-titre : Darwin ou Lamarck, Sélection Naturelle aux Examens ou Influence du Milieu Naturel et de la Pratique ?)

Il a lâché :

– Sous anesthésie générale, cela sera plus confortable, car elles sont très mal placées.

J'étais las : même mes dents non apparentes étaient mal placées. Bon Dieu, j'aurais pas fait long feu au Moyen Âge – abcès dentaire, *exit*. Sagesse cachée mal placée. Mais comment va-t-il faire pour les enlever par là-dessous ? C'est son boulot. S'appelle pas Ducoin pour rien.

Je lui ai dit :

– D'accord.

Je suis entré dans sa clinique en pleine forme, j'en suis sorti avec un programme de sac de glace et de soupe pour une semaine.

C'est étrange de se faire enlever deux dents *pour plus tard,* comme on fait des provisions. Comme sur un chantier de travaux publics, où l'on prépare le terrain, creuser deux trous monstrueux dans l'attente de quelque chose fabriqué par une entreprise qui n'existe peut-être pas encore.

D'habitude, lorsqu'on fait des provisions, on prend des bons morceaux et on les garde. Là, je devais me séparer de bons morceaux de moi-même, en prévision. Et l'os devra fabriquer de l'os.

Ouh ! j'ai mal, mais je suis content aussi de l'état d'avancement des travaux. Ma langue caresse les fils qui scellent les cavités de ces deux sagesses-là. Je me sens beaucoup plus sage : évident.

Une semaine après, je pouvais siffler de nouveau, et, un mois plus tard, tout était cicatrisé. Boulevard Malesherbes, le Chemin de Barbès était devant moi, éclairé par un soleil radieux. Docteur Malléole, me voici ! Faites de moi selon votre volonté. Je siffle

« C'est la lutte finale », et je remets ma mâchoire entre vos mains. *C'est ça, Max, pourquoi pas « Père, pardonne-leur, car ils ne savent pas ce qu'ils mâchent ». Tu sais où tu t'embarques ? Tu sais pourquoi les adolescents ont des idées de suicide ? Parce qu'ils portent des appareils dentaires et que la douleur est atroce. Ton fil symbolique, Max, tu vas le sentir passer : c'est du fil de fer. Moi, tu sais ce que je pense de tout ça, hein, ma proposition chiffrée sur les calibres 38 tient toujours – et elle est plus économique que celle des blouses blanches et de leur complot.*

14

À la porte du docteur Malléole, boulevard Males-herbes, il y a quatre ou cinq sonnettes, avec le nom de chaque dentiste en dessous en lettres lumineuses. Les dentistes se tiennent chaud à plusieurs, comme les petits rongeurs enfermés dans les cages quai de la Mégisserie. Les avocats font aussi comme les dentistes, mais surtout comme les mainates, ils se plument le bec en permanence.

Je ne me trompe pas de sonnette.

Marie-Ange, l'assistante du docteur Malléole, m'ouvre la porte et me désigne la salle d'attente.

Je m'assois dans un canapé, face à un tableau fin de siècle : vue de la place de la Concorde. Pas mal. Un peu sombre. Le peintre devait avoir mal aux dents. La porte s'ouvre. Marie-Ange me fait signe. Je me lève et, d'un pas déterminé, je pénètre dans la pièce où le fauteuil… la lampe… les pinces…

Le docteur Malléole me tend la main :

— Alors, ça y est, tout est préparé ? Nous allons pouvoir travailler, monsieur.

– Oui, et puis on en a pour un petit moment je crois ? j'ai dit.

– Oui, un petit moment, m'a-t-elle répondu doucement. On va commencer par des photos et des moulages.

Cette proposition me plaisait bien, c'était très original. Elle a d'abord photographié mes dents sous toutes les jointures et disjointures à l'aide d'un téléobjectif. Ma bouche élargie par des écarteurs en plastique, j'étais comme un cheval qui rit.

Ensuite, avec une espèce de louche incurvée épousant la forme de chaque arcade dentaire et remplie de cire à prise rapide, elle a pris l'empreinte de ma dentition. Le goût de la cire m'a fait me souvenir de mon premier orthodontiste : oui, c'était bien ce goût-là, pas de doute, c'était bien le Chemin de Barbès.

– Voilà, c'est fini pour aujourd'hui.

J'étais déçu. Je m'attendais à une séance de torture avec pinces, liens, braises et pieux.

– Vous devez maintenant vous faire extraire les premières prémolaires inférieures et les deuxièmes prémolaires supérieures, reprit-elle. Je vais vous faire une ordonnance pour le docteur Balbec. Il ne s'agit pas de se tromper de dents.

Sur l'ordonnance, elle a inscrit « Extraction », suivi de quatre chiffres entre parenthèses. Elle me l'a tendue, je l'ai prise. Toutes nos dents sont chiffrées.

– Maintenant, je vais vous donner mon devis, dit-elle.

Je regardai le programme de traitement et le chiffre

à côté de la mention « Total ». Oui, toutes nos dents sont chiffrées. C'était beaucoup d'argent, que je n'avais pas.

– Est-ce que la Sécu rembourse ?

– La Sécu ne rembourse que si vous avez moins de douze ans, me dit-elle doucement. À moins qu'elle ne considère que le traitement orthodontique est lié à l'opération chirurgicale que vous allez subir. Il faut alors faire une demande de prise en charge spéciale. Je vais vous la préparer. Cela peut passer, mais ce n'est pas sûr. Il faudra qu'ils considèrent que le traitement orthodontique est le complément d'une opération chirurgicale.

Pendant qu'elle remplissait un papier vert, une douleur sourde s'installait en moi. J'entendais *« T'as une dent qui sort, là », « Il faut que j'y aille »*, ces paroles de ma mère. Je pensais à l'argent que mes parents *devront* me donner pour ce traitement. Je pensais à l'argent qu'ils n'auraient pas eu à débourser avant que j'aie douze ans, et qu'ils n'avaient pas eu à perdre puisque rien n'avait été fait et que cela aurait été remboursé « Oui, c'est comme ça, absurde et cruel, j'crois que tu commences à comprendre », chantait Graeme Allwright dans *Johnny*.

Oui, c'était absurde, c'était cruel ce Vietnam buccal, mais je ne comprenais rien du tout. Je pensais que ce n'était même pas pour l'argent que rien n'avait été fait. Je pensais que j'allais leur demander cet argent fermement, et que cela allait être humiliant. J'ai regardé Malléole. Elle attendait que je signe en regardant par terre. J'ai apprécié son silence. Tout cela ne la regardait pas.

J'ai signé son devis. Elle m'a dit :

– Merci, monsieur. Je vous reverrai quinze jours après que vous vous serez fait extraire les prémolaires. Rappelez-moi à ce moment.

Je lui ai dit au revoir, docteur. Je suis parti avec la demande de prise en charge par la Sécurité sociale, l'ordonnance chiffrée, la mâchoire flashée, le devis chiffré et une envie de tout casser.

15

Je me prépare à me faire arracher quatre dents saines. Je pense à la devise de Balladur : « *Il faut faire des sacrifices.* » C'est bien la seule fois où ce que dit M. Balladur me sert à quelque chose.

Il faut créer de la place pour que la bouche respire. Cette place, je la désire maintenant, comme de l'eau quand on a soif.

Les sacrifiées n'ont pas été tirées à la courte paille : *toi et toi, et… toi et toi : exécution.* Non, la science orthodontique a désigné les deux premières prémolaires inférieures et les deux deuxièmes prémolaires supérieures, pour des raisons stratégiques. Quand bien même. En avoir quatre extraites assouvit mon désir de les arracher toutes. Ces quatre-là paient aussi pour les autres.

Avec la pince à effet de levier, une prémolaire est très facile à retirer de son os. Ça fait un gentil petit « plip », le même bruit que lorsque l'on ôte la capsule de plastique d'une bouteille de vin bon marché.

– Je peux les garder pour mes étudiants ? m'a demandé Balbec d'un air gourmand, c'est tellement rare d'extraire des dents saines adultes que je pourrai leur montrer de vraies dents saines.

Je ne l'ai pas privé de ce plaisir. Oui, qu'une partie de moi serve à l'édification des masses de dentistes ! Qu'ils répètent sur mes prémolaires désormais éternelles, montées sur des plaques de bois, les gestes de la pince à effet de levier, comme Balbec les a répétés sur les dents d'un autre avant de me les administrer.

Comme c'est bon, le plaisir mutuel chez le dentiste – c'est si rare.

Ma langue explore les trous, lape le sang, ne comprend pas ces quatre cavités qui viennent d'apparaître dans son studio.

En haut, le résultat est plutôt discret.

En bas, je peux tout de suite passer le casting pour le rôle de Dracula sans maquillage : la place libérée par les prémolaires met en valeur l'avancée des canines ; en glissant ma lèvre supérieure dans l'espace laissé béant, ma bouche fermée laisse toute la rangée du bas dehors : monstrueux. Et puis, il y a des restes d'alteaf qui se coincent dans les trous, en bas : dégueulasse.

Bouche glorieuse, bouche martyre, en devenir, regarde-toi bien dans la glace : toute de guingois, deux trous de chaque côté en haut et en bas. Regarde-toi bien. Tu seras belle un jour. Le crois-tu ? Je te le promets. Tiens, je te siffle le premier mouvement du *Concerto italien,* rien que pour toi ! *Promesses, promesses ! en attendant, t'es encore plus moche qu'avant ! Tu vas faire peur à tes clients – est-ce que tu vas arriver à avoir des clients d'abord, avec la tronche que tu te paies ? Tu crois qu'ils vont vouloir se faire défendre par un vampire ? Je t'assure, Max, je suis sérieux. Envisage l'avenir – c'est-à-dire rien – sérieusement, et rappelle-moi, qu'on discute des modalités de la seule solution.*

16

Dans leur salon, mes parents semblaient m'écouter.
Ils avaient l'air préoccupés.

– On va te le financer, bien sûr, il n'y a pas de problème, me dit mon père.

– C'est gentil à vous.

– C'est vraiment indispensable, ce traitement ?

– Je… je vous ai expliqué déjà, je crois qu'il n'est
pas nécessaire que j'entre de nouveau dans les détails,
je souffre déjà assez comme ça… On vient de m'enlever quatre dents.

Je montrai Dracula. Mon père le regarda du coin de
l'œil, ma mère de manière plus intéressée – elle a été
infirmière quand elle était jeune.

– Mais oui, mais oui, bien sûr, bien sûr. Bon, je te
donnerai au fur et à mesure. Tu me diras combien
ça fait.

– Je t'ai dit combien ça faisait. Ça serait mieux
pour moi de ne pas te demander à intervalles régu-
liers.

– Mais ça revient au même !

— Non, cela ne revient pas au même !

— Bien sûr, bien sûr… Mais… cette opération dont tu parles, elle existait il y a quinze ans ?

— Je ne sais pas… peut-être… je… je n'en sais rien…

— Elle n'existait certainement pas il y a quinze ans. C'est nouveau. On n'a rien dû pouvoir faire il y a quinze ans.

Mon père s'était fait une raison.

— Écoute, ce qui n'a pas été fait n'a pas été fait, c'est tout…

— Tiens, je vais te donner pour le premier trimestre de soins… On passe à table ?

J'ai passé la porte du salon. Ma mère était déjà dans le hall et je sortais du salon après avoir argumenté dans le vide.

— Il y a du bon gros bœuf, dit-elle.

— Je… je t'ai dit au téléphone que je venais de me faire arracher quatre dents, tu vois, là…

Je lui ai montré les trous à l'endroit où, en mille neuf cent soixante-dix-neuf, elle avait pointé de son index la canine qui sortait. Elle sortait plus encore.

— Ça va pas être très facile pour moi de manger du bœuf.

— Eh bien, tu n'en prendras pas ! dit-elle sur un ton de comptine.

Ils paient, et moi, je souffre. C'est un partage normal entre l'artiste et le producteur. Je crois que c'est équitable. Je crois que c'est un bon contrat. En plus, ils y gagnent, car je souffre qu'ils paient et je ne pense pas qu'ils souffrent de payer.

Ma mère avait l'air sincèrement désolée que je ne mange pas le bon gros bœuf et que je ne touche pas aux nougats prévus pour le dessert.

17

Quinze jours après le bœuf et les nougats, les trous laissés par les prémolaires s'étaient comblés. Je filais chez Malléole en sifflant le deuxième prélude du *Clavecin bien tempéré*, l'espèce de rythme effréné de train express – on ne le dira jamais assez, Bach est pour quelque chose dans l'invention du train.

– Je vais juste vous poser deux petits élastiques, pour préparer le baguage des molaires.

Avec une pince, elle a inséré un petit morceau de plastique bleu et mou entre chaque dernière molaire du haut et du bas. Ça a fait « clic ».

– Qu'est-ce que c'est ?

– Ces petits élastiques vont durcir et gonfler avec la salive. Ils vont créer un espace entre les molaires. Cet espace permettra de faire passer les bagues. Ça va faire un petit peu mal.

Ça commençait déjà à tirer, comme si on cherchait à m'écarter les dents du fond. C'était d'ailleurs le cas.

– Ça fait mal, hein ? dit Marie-Ange, l'assistante de Malléole, en me regardant avec insistance.

– Mardi prochain, dit Malléole, je vous poserai les

deux premières bagues. On va installer tout cela progressivement. Ensuite, on ne se verra plus qu'une fois par mois.

Je suis rentré chez moi avec des trucs de plus en plus gros entre les dents du fond, des trucs que ma langue n'arrivait pas à faire partir et qui poussaient les dents dans l'os.

Une sorte de nausée me coupait l'envie de siffler quoi que ce soit. Ce soir, pain de mie, soupe et aspirine. *Voilà où tu en es, Max. Comme un paysan du Danube, soupe et pain de mie. C'est pas une vie. Et puis, ça n'en finit pas... Tu veux que je te dise la vérité ? Ça n'en finira jamais. Et puis les élastiques, là, les machins bleus, ça fait mal, hein ? Tu vas t'étouffer avec pendant la nuit – pourquoi pas après tout ?*

18

La semaine suivante, les moulages étaient prêts. Toute ma dentition était devant moi, en plâtre, sur un articulateur en plastique blanc. Ce n'était pas beau à voir. C'était pire que dans un miroir : on ne voyait que les dents, des dents abstraites et pourtant trop réelles.

— Voyez, dit Malléole, avec le moulage, on voit bien tous les problèmes : sur le devant, chacune des deux canines supérieures repose sur « sa » canine inférieure, à quarante degrés d'inclinaison vers l'avant. Plus elles se cognent, plus elles s'inclinent mutuellement vers les lèvres. Le décalage entre les dents supérieures les plus avancées et les dents inférieures les plus en retrait est d'environ deux centimètres. En haut, la pression des deux canines a chassé vers l'extérieur de la bouche l'incisive centrale droite, à qui il manque un demi-centimètre pour se placer correctement à côté de l'incisive centrale gauche. L'incisive centrale gauche pousse vers sa droite et passe sous l'incisive centrale droite. Les deux incisives latérales sont en train de se déchausser car, près de la gencive, l'inclinaison des canines a créé à leur base une poche d'infection permanente qui a détruit l'os en profondeur. En bas, constat exactement symétrique. Même poche infectieuse à la base des canines et incisives latérales se chevauchant. Sur les côtés, à droite, les prémolaires du bas et du haut reposent de travers et vers l'avant les unes sur les autres. Les molaires également. À gauche, les prémolaires sont inclinées également, mais ne reposent que partiellement les unes sur les autres. Les premières molaires sont en face. La dernière molaire inférieure penche vers le dedans de la bouche. Elle ne repose donc pas sur la dernière molaire supérieure, laquelle la chasse au contraire vers l'intérieur lorsqu'elle la touche.

Un peu redressé dans le fauteuil, j'écoutais la visite guidée, comme au Muséum d'histoire naturelle. Oui, comme au Muséum, car ce moulage me rappelait ces animaux disparus de l'ère primaire dont les dents horizontales se coinçaient dans les arbustes et qui s'offraient alors en déjeuner pour leurs prédateurs. Pour moi, les arbustes, c'étaient les sandwiches, et les prédateurs, c'étaient les dentistes. Ils allaient avoir la peau de ces dents-là.

Ce moulage me rappelait aussi vaguement autre chose – mais quoi ? Les dents de mon père ! Les grosses dents entrechoquées de mon père, sur la petite mâchoire de ma mère ! *« Z'avez des rapports complètement déconnants, mon vieux ! » Ton père et ta mère réunis dans ta bouche, Max… rapports déconnants. Tu paies la note d'avoir désiré les dents de ton père sur la mâchoire de ta mère, de renoncer à ton identité pour accueillir en toi deux dentités parentales incompatibles.*

(Moisson abondante aujourd'hui. Proposer sujets de thèses : *Stratégies matrimoniales et structures dentaires dans les sociétés traditionnelles / Psychopathologie des problèmes dentaires chez l'enfant dans les sociétés développées / Les dents et le dedans, le manifeste et l'invisible.*)

– On y va !

Malléole agitait une pince devant mes yeux.

Sur le moulage, les quatre molaires du fond, en haut et en bas, étaient cerclées de métal. Avec la pince, Malléole ôta les petits élastiques bleus qui avaient bien travaillé en une semaine et ajusta sur mes molaires chaque bague de métal parfaitement moulée à leur forme. En si peu de temps, un espace s'était créé et permettait d'enfiler les bagues sur les molaires, comme des bagues à la base d'un doigt. Enfin, elle les scella avec une espèce de ciment spécial.

Les premières bagues fixes. Impression immédiate d'avoir les molaires du fond encerclées par des tenailles – et c'était vrai.

– On va arrêter là aujourd'hui. Je vous mettrai l'arc palatin la prochaine fois. Il sera fixé sur les premières molaires supérieures.

Arc palatin… Tout de suite je me suis senti valorisé par cette connotation d'architecture italienne classique : *Palladio, ce génie de l'Arc palatin, que vous pouvez remarquer sur ces nombreuses mâchoires de démonstration.*

– Ah ! j'oubliais, reprit-elle.

Elle a sorti d'un tiroir une grappe d'élastiques bleus que j'ai regardés avec appréhension.

– Je vais vous remettre des élastiques entre les prémolaires et les deuxièmes molaires, et entre les molaires.

Avec la pince spéciale, elle a inséré quatre petits morceaux de plastique bleu et mou. Ça a fait « clic », « clic », « clic », « clic », à n'en plus finir d'écarter les dents.

– Ah… vous risquez d'avoir des aphtes avec les bagues…

– Ah oui, ça… ça pique l'intérieur des joues…

– Oui, les bagues ont des picots sur l'extérieur pour faire passer le fil métallique que je vous installerai dans deux semaines. Achetez des boules Quiès, enlevez le coton et gardez la cire. Mettez-en une petite boule sur le picot des bagues, cela ne frottera plus.

– Ça fait mal, hein ? dit Marie-Ange en me regardant.

J'ai dit au revoir à Malléole en désirant vite la revoir pour qu'elle m'installe ce fameux arc palatin en bouche.

Mais, dès l'ascenseur, tous les charmes de l'Italie étaient rompus par la sourde et persistante douleur. La tête dans un étau interne et les joues en feu, j'ai immédiatement acheté les fameuses boules Quiès.

Je suis l'homme qui se met des boules Quiès dans la bouche pour ne pas entendre la douleur.

19

Au bout de trois jours, je trouvais déjà normal de prendre dix aspirines par jour, d'avoir des aphtes, un goût de cire dans la bouche, les premières molaires en feu et les dernières molaires boulonnées et de prêter mon serment d'avocat avec des élastiques dans la bouche. Cela faisait partie de mon paysage interne.

« Je le jure ! », et la bouche s'est refermée aussitôt, comme rappelée par un ressort, sans doute ce fameux ressort d'une cour d'appel auquel un barreau est obligatoirement rattaché.

Je suis retourné chez Malléole la semaine suivante en soufflant plus que sifflant *Syrinx* de Debussy, parce que les picots des bagues rentraient dans les joues tendues pour siffler, mais il est vrai que j'aurais pu choisir un morceau plus simple.

— J'ai beaucoup pensé à vous, madame, en soignant mes aphtes et en avalant mes cachets de cire.

— Cela n'a pas été trop dur ?

— Ce n'est pas une partie de plaisir, ces élastiques.

— Aujourd'hui, je vais finir de baguer les molaires

avec l'arc palatin en haut et des bagues normales en bas, et puis baguer les prémolaires.

Un peu curieux et anxieux, j'ai dit :

– D'accord.

Elle a enlevé les élastiques bleus et posé les bagues en bas et sur les prémolaires du haut. C'était presque indolore, tant je ne pensais qu'à l'arc palatin, ce joyau buccal.

Alors elle m'a montré deux bagues reliées l'une à l'autre par un gros fil de fer rigide et tordu.

Elle a farfouillé dans ma bouche avec sa pince. Deux autres tenailles enserraient maintenant mes premières molaires là-haut, et une barre de métal collait contre mon palais. Ma langue a buté dessus. C'était ça, l'arc palatin. C'était dur, et infranchissable par-dessous.

Impression d'avoir un mors dans la bouche et qu'un cavalier invisible tire dessus comme un fou. Nausée tout à coup. Suées.

– Voilà, c'est fait, dit-elle en remballant ses outils. Cela vous stabilisera l'os, avec le jeu des forces, un peu comme une poutrelle qui soutient deux murs fragiles.

Entre deux flèches de douleur lancinante tirées par l'arc palatin, je lui ai demandé combien de temps j'allais garder fette barre dans la bouche, et j'ai été horrifié en m'entendant parler. Alors j'ai dit : « Monfieu le Préfident, fette affaire est fimple à plaider pour la défenfe ».

– Deux ans, dit-elle.

– Deufans… j'ai dit avec la nausée. F'est pas pofible.

– Je vais vous prescrire Apranax deux cent cinquante milligrammes. C'est un anti-inflammatoire, mais il peut vous donner des nausées. À la semaine prochaine.

– Ça fait mal, hein ? a dit Marie-Ange en me regardant.

J'ai couru à la pharmacie. Un écarteur en acier grandissait à l'intérieur de ma tête.

– Apranaqf !

– Deux cent cinquante ou cinq cents milligrammes ? Grosse boîte ou petite ?

– F'est marqué là, Apranaqf deux fent finquante !

– Ne vous énervez pas, monsieur.

Nausée, mal, connasse. Fébrilement la boîte deux gélules. Nausée. Gélule. Gloup ! Coincée dans la gorge. À jeun. Pas d'eau. Détonation ! Gélule enfoncée explosée dans la gorge. Pression trop forte. Tousse. Quinte de toux. Manquait plus que ça, fumée de la poudre de la gélule. Goût dégueulasse. Café ! De l'eau ! Écouter la musique. La douleur LA douleur LA Douleur LA DOuleur LA DOUleur LA DOULeur LA DOULEur LA DOULEUr LA DOULEUR. Cogner la tête faire plus mal ailleurs pour dériver. Payer le café sortir grand air. Fouette visage. Hmmm. Aspirine + Apranax + Doliprane. Cocktail. M'en fous si pas compatible. Veux oublier. Prendre un bain. Inutile mâchoire là aussi dans le bain. Douche. Inutile mâchoire là aussi. Toucher avec les mains. Arracher les bagues ! Lui dire : pas possible, pas possible, veux plus – lui donner de l'argent pour qu'elle arrache tout ça – impossible, impossible, elle va dire. Pas sérieux. Aller en avant vers la douleur. La libération aussi. Processus de la douleur et de la libération. Larmes qui montent. Larmes voilà, oui. Grimace dans la rue. Banc. S'asseoir chialer un coup. Chialer oui. Houou-ououououou ! *T'as une dent qui sort, là !* Hou-ououououououou ! *Rapports déconnants, mon vieux !* Houououououououou ! *Dziiiiiiiiing, crac, crac : merde raté.* Houououououououou ! *Bimax, Bimax Bimax !* Houououououououou ! *Falut, Monfieur le Préfident, fa va ?* Houououououououou ! Chialer. Fait du bien. Moins mal à chialer. Bien ça, chialer. Moucher. Douleur toujours. Froid. Bon ça, froid. Anesthésiant. Que dalle. Métro. Rentrer travailler ? S'occuper. Aller travailler, pas rester là à se concentrer sur douleur. Travailler. S'occuper. D'abord travailler à enlever ce « ff ».

20

Deux jours après, j'ai réussi à transformer le « ff »
en « ss ».

Trois jours après, l'avocat pour qui je travaillais
depuis deux mois et qui m'avait dit : « Ne vous
inquiétez pas, vous êtes ici pour deux ans au moins »,
m'a renvoyé de son cabinet pour me transformer en
justiciable.

Dix jours après, je lui ai fait un procès. C'était la
première fois que je faisais un procès à quelqu'un. J'ai
pris un avocat et j'ai transformé mon ancien patron en
débiteur.

Que de transformations…

J'étais fin prêt pour les élastiques et les pastilles.

21

Boulevard Malesherbes, sonnettes rongeurs.

Je lui tends la main :

— J'ai vraiment beaucoup pensé à vous, madame, jour et nuit.

— Bonjour, monsieur. Aujourd'hui, grosse séance : pastilles, fil et élastiques.

— Eh bien, allons-y, dis-je en m'installant confortablement le dos dans le fauteuil.

— Je vais vous coller des pastilles translucides sur les canines et les incisives, ce sera plus discret que les bagues métalliques.

Elle a préparé une colle puante et a ajusté les pastilles sur toutes mes dents de devant.

— Voilà, on va attendre un petit peu que cela sèche.

J'ai attendu, bouche entrouverte, face à la lampe dont elle avait détourné le rayon de mes yeux. Des piquants collaient contre l'intérieur de mes lèvres. Comment vais-je supporter tout cela ? Bah, j'étais déjà habitué aux premières bagues des molaires, posées il y a quinze jours seulement.

— Voilà. Je vais ligaturer.

Elle a exhibé devant mes yeux un rouleau de fil de fer à dévidoir et en a déroulé au moins un mètre dans un bruit de ferraille. Puis, comme avec un lasso, elle a attrapé le picot de la bague d'une des molaires du fond et a entortillé le fil autour avec une pince très fine. Elle a progressé dent par dent. Au fur et à mesure de sa progression, je ressentais la tension du fil, de plus en plus forte, inexorablement. Elle progressait dans un bruit de cliquetis, comme un G. I. en Normandie. De temps en temps, un « clic » m'informait qu'elle avait circonscrit un secteur dentaire indépendamment d'un autre. Elle a enrobé les pastilles dans le fil en faisant un nœud complexe. La tension se faisait très forte. La nausée a commencé à monter. Enfin, elle a terminé en serrant monstrueusement, en torsade, avec une autre pince plus grosse.

J'ai renversé la tête en arrière sur le fauteuil en gémissant. *Tu vas parler, mon salaud ? Tu vas les dire les noms ?*

Il y avait trois ou quatre fils de fer qui sortaient de ma bouche, comme des antennes.

— Il faut que je coupe, dit-elle.

J'ai entendu clic clic clic clic.

— Ça doit tirer un peu, normalement, dit-elle.

La nausée m'avait envahi. Toutes mes dents du bas étaient prises dans un même étau qui les ramenait vers l'arrière.

Ho… hisse, sortons d'là, camarades ! Poussez pas, derrière ! Qu'est-ce qui se passe ? On peut plus pousser, chef, le bateau penche vers l'arrière ! Tu vas les donner, les noms, et on t'enlèvera toute cette saloperie qui te fait souffrir.

— Voilà pour le bas. Je vais ligaturer le haut, maintenant.

Le fil de fer virevolta de nouveau, la tension progressait maintenant en haut, irradiait vers le crâne par le nez. Elle allait vite, la salope, comme une voleuse, de peur que je ne m'enfuie, elle a dû connaître ça avec des gens moins lâches que moi, des gens qui s'enfuient en hurlant de son cabinet de torture avec les fils de fer qui sortent de la bouche. Je bougeais de plus en plus dans le fauteuil, comme un cauchemar éveillé. Elle me ficelait les dents comme le boucher un gigot. J'étais tout mou, je suais.

— Voilà, dit-elle, je coupe et c'est fini.

Clic clic clic clic.

Une ceinture de métal, serrée jusqu'au dernier cran, m'enserrait les dents du haut. Je restais silencieux. Je parlerai pas. Je dirai rien. Vous saurez rien.

— Ah! j'ai encore quelques petits élastiques à poser et je vous libère.

22

Voilà, tout est en place. Je vais maintenant la revoir tous les mois pendant deux ans, cette saleté. Elle va me relancer la douleur tous les mois pendant deux ans.

C'est le cirque Pinder dans ma bouche. Ma langue, gênée, ne sait plus où se mettre. Ça travaille en permanence dans tous les coins. Au fond, à redresser la molaire penchée, devant, à tirer les canines vers l'arrière.

Elle m'a donné des élastiques de rechange au cas où ils casseraient ou si je les avalais. C'est arrivé un jour pendant une plaidoirie au conseil de prud'hommes. J'ai entendu « clac » et je me suis retrouvé avec l'élastique de la mégadent suspendu en haut et pendouillant dans ma bouche. Celui-là était stratégique. Il était accroché à la face interne d'une incisive inférieure et relié à la pastille collée sur la face externe de la mégadent. L'ingénieux système ! Chaque fois que j'ouvrais la bouche, une force s'exerçait, dont une des composantes poussait la mégadent vers l'arrière. J'ai essayé de récupérer l'élastique et j'ai entendu la mégadent faire « clic », se replacer à l'endroit où elle était avant que l'élastique ne tire dessus.

Les dents peuvent donc être si molles que cela…
non, c'était l'os qui était mou en dessous.

Au fil des mois, tractée par un élastique croisé
accroché à la face externe de la molaire du dessus, la
dernière molaire en bas au fond à droite s'est redres-
sée petit à petit. Elle repose maintenant sur son vis-
à-vis, bien sage. Je me souviens du jour où les deux
molaires ont coïncidé, reposant l'une sur l'autre. Je
n'avais jamais eu cette impression de stabilité, pas
seulement dentaire, mais dans mon corps, comme
si la plante de mes pieds reposait bien à plat sur la
terre.

Les canines reculaient peu à peu, comblaient les
espaces laissés par les prémolaires en bas et prenaient
la place des premières prémolaires en haut, qui, elles-
mêmes, reculaient sous l'effet de la tension du fil.

Un jour, la mégadent est rentrée à sa place de toujours, qu'elle n'avait pourtant jamais connue. Elle
a fait « clic », et j'ai regardé dans la glace : mes dents
du haut étaient alignées, fragilement, mais alignées.
Ce n'était pas mal, finalement, d'avoir les dents
alignées.

Ce n'était pas mal non plus pour la Sécurité sociale,
qui a refusé la prise en charge des soins d'orthodontie
au motif qu'il s'agissait d'une « opération de confort
esthétique ».

(Sujet pour un séminaire de Questions Sociales à
Sciences-Po : *Commentez « Capitale de la douleur »
de Paul Eluard au vu des récents développements en
matière de couverture sociale*. Compter cinq heures.)

En tant qu'artiste de cirque, ma bouche devait suivre un régime particulier. Après chaque séance de serrage de boulons chez Malléole, les dents en feu ne pouvaient pas reposer les unes sur les autres pendant quinze jours.

C'était alors le temps des desserts crémeux en guise d'entrée, plat, dessert. J'en ai connu tous les parfums. Puis je suis passé au fromage blanc, avec ou sans confiture, puis à la confiture avec ou sans fromage blanc.

Les quinze jours suivants, la douleur s'apaisait, mais le pain et la viande étaient quand même trop durs à mâcher : tabous.

Au début, j'ai essayé de me remonter le moral avec des alteaf. En avalant un spaghetti par un bout, l'autre s'est enroulé dans l'arc palatin et le fromage fondu s'est englué dans les bagues du fond. J'ai failli étouffer. J'ai décrété la quarantaine pour les alteaf. Trop dangereux, les spaghettis.

Je dépensais beaucoup d'argent en sandwiches au pain de mie ou au pain au lait. J'avais constitué un fichier (c'est-à-dire quelques noms) de boulangeries où l'on pouvait en trouver. J'ai également beaucoup contribué au développement du chiffre d'affaires du hachis parmentier lyophilisé, et des purées et soupes de toutes sortes.

J'avais toujours du Nutella sur moi, c'était une réelle question de survie.

Revenait alors la séance de torture du mois, et le cycle reprenait pour trente jours. Lorsque la douleur était trop forte, je serrais les dents, cela faisait alors encore plus mal et donnait encore plus envie de serrer les dents, alors je serrais les dents, cela faisait alors encore plus mal et donnait encore plus envie de serrer les dents la nuit, l'Opération me hante : on m'arrache les dents en masse avec toutes sortes d'outils, je me réveille en sueur après avoir échappé à la tronçonneuse du chirurgien, alors je serrais les dents, cela faisait alors encore plus mal et donnait encore plus envie de serrer les dents la nuit.

Le jour, chaque repas pris à l'extérieur devenait une souffrance supplémentaire : non, je ne peux pas, peux manger que du mou, ou du liquide, expliquer pourquoi… pourquoi rien n'avait été fait… pourquoi, expliquer sans rien y comprendre. Le regard des autres sur mon appareil était fait de stupéfaction. Ce sont les adolescents qui portent ces trucs horribles dans la bouche… les autres, leur bouffe, leurs dents commençaient à m'insupporter.

Et souvent je pleurais tout seul, autant de douleur dentaire que de souffrance psychique, parce que l'une, permanente, ne cessait de rappeler l'autre, plus sourde. (Houououououououou ! *T'as une dent qui sort, là !* Houououououououou ! *Rapports déconnants, mon vieux !* Houououououououou ! *Dziiiiiiiiing, crac, crac : merde raté.* Houououououououou ! *Bimax, Bimax Bimax !* Houououou-ououou !).

Chialer fait du bien, mais il ne faut pas que cela dure trop longtemps.

C'est bien vrai, ça, Max, et c'est bien gentil, tout

ça, toutes tes petites histoires, là, tes petits bobos, tous les enfants et les adolescents vivent ça avec leur quincaillerie dans la bouche, et tout le monde s'en fout, c'est pas la souffrance du siècle. Une chose est sûre, je vais te dire, c'est ça qui te rend dingue et je te comprends bien : depuis que ta copine t'a colonisé la bouche avec sa ferraille, eh bien tu ne peux plus siffler ! Tu ne peux plus former les lèvres comme tu le veux pour faire les sons que tu veux ! Il y a de l'air qui passe entre les ferrailles, et ça te fait mal aux joues en plus ! Et puis... plus d'alteaf ! Adieu les alteaf de man-man ! Comment tu vas faire sans la musique et les alteaf ? Avoue que ça te fait mal de penser à ça, que c'est insupportable ! Ah ! T'aurais pas eu à en baver avec tout ça si t'avais suivi mes conseils ! C'est pas encore trop tard, tu sais !

23

Malesherbes. Porte sonnettes rongeurs. Marie-Ange. Salope celle-là. Salle d'attente. Porte. Malléole.

– J'ai beaucoup pensé à vous, madame.

Fauteuil. Bouche ouverte.

– Il faudrait penser à aller voir Cohen, me dit un jour Malléole alors qu'elle était occupée à resserrer les boulons avec sa pince de précision. Le fil de fer virevoltait devant mon visage.

– Cohen?

– Oui, Cohen, l'occluso.

Le bruit sec de pince coupante m'annonça qu'elle avait fini de ligaturer le bas. Bloc figé des dents du bas serrées, serrées, serrées, serrées… nausée. Parler.

– L'occluso?

– Oui, le spécialiste de l'occlusion, c'est-à-dire de la manière avec laquelle les dents se placent les unes sur les autres et par rapport à l'articulation de la mâchoire.

– Il y a des spécialistes pour cela?

– Il y a des spécialistes pour tout! Il y a même des spécialistes qui drainent les canaux des dents mortes.

— C'est dégueulasse…

— Ah oui, faut aimer, dit-elle en tirant un bon coup sur le fil de fer, ils gagnent bien leur vie. Ils sont peu nombreux.

Le bruit sec de pince coupante m'annonça qu'elle avait fini de ligaturer le haut. Bloc figé des dents du haut serrées, serrées, serrées… nausée redoublée, onde de douleur dans le crâne. Envie de quitter cette vie-là. Oui, c'est comme ça, absurde et cruel.

— Cohen, je travaille avec lui. Il enseigne aussi à la fac. C'est lui qui va déterminer exactement de combien de centimètres les chirurgiens devront avancer votre mâchoire.

Elle m'a donné l'adresse de Cohen. C'était avenue Paul-Doumer. J'y suis allé, bien sûr. J'aime bien Paris.

24

Le docteur Cohen m'a reçu dans son cabinet, aménagé dans un entresol très fonctionnel avenue Paul-Doumer. J'ai tout de suite regardé ses dents. Dents de rongeur encore, me rappelant celles du docteur Naud. Il m'a installé dans le fauteuil, m'a examiné et palpé les mâchoires.

— Faites pendre votre mâchoire, me proposa-t-il.

Voici une proposition originale, que l'on ne m'avait pas encore faite, pensé-je. Alors je fis.

— Voilà, laissez bien aller.

Alors il m'empoigna la mâchoire et me la rentra dans la tête.

— Ouh ! Qu'est-ce que vous faites ?

— Voilà la bonne position. Les condyles à leur place exacte et normale dans les glénoïdes.

— Mais ça fait mal !

— Parce que vous n'êtes pas habitué, mais c'est la place normale. Maintenant, laissez aller la mâchoire.

Je la laissais aller, qu'elle vive sa vie, bon sang. Qu'elle s'en aille si elle veut, maintenant.

— Voilà… Qu'est-ce que c'est glénoïde ?

– C'est la partie creuse de l'articulation. Mais revenons à votre mâchoire. Là c'est votre position naturelle ?

– Ben… oui, j'y pense pas, c'est naturel.

– Vous sentez que les condyles sont sortis de l'articulation ?

– Oui, je le sens qu'ils avancent. On me le fait bien sentir depuis deux ans, ce n'est pas nouveau pour moi.

– Voilà, ils avancent. Ils sont au moins un centimètre trop en avant. Et comme vous avez les dents implantées en bas avec un décalage d'environ deux centimètres, vous voyez, il faut faire un calcul. Il faut savoir précisément de combien de centimètres il faudra avancer la mâchoire quand les condyles se replaceront dans les articulations.

– Et… qu'est-ce que vous allez me faire aujourd'hui ?

– Aujourd'hui, rien. C'est un premier rendez-vous. C'est trop tôt encore. Je vais réfléchir à votre cas. Un cas intéressant. Revenez me voir trois mois avant l'opération. Je vais téléphoner à Malléole pour lui dire que je vous ai vu, et discuter de vous.

En sortant, en me dirigeant vers le Trocadéro, j'ai fermé mon poing droit et l'ai enserré dans ma main gauche en le faisant frotter : « Condyle dans glénoïde ! ». J'ai pensé que c'était exactement le geste de préparation d'un bon coup de poing dans la mâchoire. (Pour un colloque : *Gestuelles d'agressivité et blessures infligées : mimétisme archaïque rétroagissant ?* Compter trois jours.)

Je n'aurai pas perdu ma journée.

25

Malesherbes. Porte sonnettes rongeurs. Marie-Ange. Salope celle-là. Salle d'attente. Porte. Malléole.

– J'ai beaucoup pensé à vous, madame.
Fauteuil. Bouche ouverte.

Tous les deux ou trois mois, elle changeait de fil de fer. Elle le dévidait de la grande bobine à faire pâlir un quincaillier. Elle changeait aussi le diamètre du fil : 0,3 mm ; 0,5 mm. Je crois qu'on est même allé jusqu'à 0,7 mm, un fil très épais, très solide, très bon à la douleur, mmm.

26

La deuxième fois que Cohen m'a examiné, il s'est demandé à voix haute : « Je me demande si, tout de même, il n'y a pas un risque à avancer ma mandibule avant d'avoir vérifié qu'on ne peut pas opérer ma luxation. Si le chirurgien avance trop ma mandibule, une suite naturelle de l'opération peut être que je ne puisse plus fermer ma bouche, mais pour une cause inverse de celle qui règne aujourd'hui, soit une mâchoire devenue trop prognathe du fait de la luxation – alors faut-il réduire la luxation de ma mâchoire avant tout ? »

Ma mâchoire devenait la sienne, c'était bon signe.

To reduce or not to reduce ? C'est la question que cet Hamlet dentaire se posait à lui-même tout haut en tenant mes mâchoires en plâtre dans le creux de sa main droite, l'original étant à son côté l'écoutant raisonner au vu de son moulage.

En plein dilemme, il m'annonça qu'il allait appeler Malléole pour avoir un avis. Écouter Malléole, c'est ce que Hamlet aurait dû faire au lieu de parler à la mâchoire de Yorrick et de se défouler sur Ophélie pendant la scène suivante.

Alors j'ai entendu :

– Non, il faut pas qu'on lui fasse ce qu'on a fait sur la petite O., où ça a raté. Hein ? Mouais…

Alas, fair Ophelia, pauvre petite O. Tu veux que je te décrive en détail ce qu'ils lui ont fait à la petite O, les blouses blanches ? D'abord, tu dois savoir que c'était la fille de la marquise d'Ô, du château d'Ô. Elle s'appelait Ophélie Ô. Ils avaient déjà scié le château et scié la mère. Ils voulaient scier la fille maintenant. Alors ils l'ont menée à Cohen, le Hamlet dentaire qui est en train de téléphoner à sa patronne, à côté de toi. Ensuite, ils lui ont tronçonné la figure bien sûr, ça tu t'en doutes, c'est un must, mais ils se sont aperçu…

– D'accord. On fait comme ça.

Cohen a raccroché. Je restais hébété sur le fauteuil. J'ai cru bon d'intervenir pour ma gouverne personnelle :

– La petite O ? Qu'est-ce qui s'est passé ?

– Oui, la petite O… on lui a avancé la mâchoire, puis ligaturé et immobilisé trois semaines, mais, lorsqu'on a enlevé les ligatures, la mâchoire est repartie en arrière – la luxation était toujours là ! Du coup, les dents n'étaient plus en face les unes les autres !

– Ah ! fis-je. C'est… fâcheux. Concrètement, pour moi… ?

– Pour vous, je vois deux opérations. D'abord, une opération de réduction de la luxation, puis l'avancée de la mâchoire six mois après.

Deux opérations… Ça commence par un détartrage et ça finit par deux opérations. Pour deux opérations, il faudra qu'ils me paient. Je n'accepterai aucune proposition à moins de cent mille francs TTC. Il a dû me voir réfléchir. Il a repris :

– Cela serait la sécurité maximale. Mais on peut n'en faire qu'une si on a une vision plus claire de la luxation. Il faudrait que vous alliez passer une IRM des articulations temporo-mandibulaires. Je vais vous faire une ordonnance.

– Une IRM ?

– Un scanner.

Il m'a tendu son ordonnance, sur laquelle il avait inscrit « IRM des ATM ».

– Vous ferez cela au Val-de-Grâce, à Port-Royal. Ils sont bien équipés.

« … donc, tu me laisses terminer si tu veux bien, ils se sont aperçu, les blouses, qu'ils n'avaient pas scanné convenablement la petite Ô. Une partie de sa mâchoire était restée dans le scanner – c'est pour cela que ça a raté… et puis on t'a pas tout dit… Ô… c'était la petite sœur de Bimax… Elle savait tout sur l'opération de son frère… Il ne fallait pas qu'elle parle… »

J'y suis allé avec détermination. Je ne veux pas être leur petite O. Ô *bis* ! Oh ! Au scanner, vite !

27

J'ai donc poursuivi ma traversée de Paris, sauf que je n'avais ni cochon ni valise. Je portais seulement ma mâchoire sur moi, avec pas mal de ferraille sur les dents, et l'acheminais maintenant vers le Val-de-Grâce, pas très loin de la rue Poliveau, là où justement avait habité Jamblier, le salaud de profiteur, au 45.

IRM : c'était nouveau, un rayon de soleil d'avenir de Mme IRMa dans la douleur permanente, donc c'était bien. On m'a fait entrer dans une petite cabine où un mode d'emploi affiché pense mettre en confiance :

« Déshabillez-vous, gardez votre linge de corps et enfilez la tenue et les chaussons qui vous ont été distribués. Si vous êtes une personne claustrophobe, nerveuse, parlez-en au préparateur. Enlevez tous les objets métalliques que vous portez sur vous. L'examen est indolore. Vous entendrez seulement un bruit de tam-tam et devrez alors rester immobile. »

En caleçon, je revêts la tenue, sorte de robe de chambre en papier de soie légère, transparente, très érotique, avec les chaussons en même matière, et une

charlotte. Une charlotte ! Moi, Jean-Paul Bergamo !
*Charlotte Corday. Jean-Paul Marat. La Charlotte de
Jean-Paul. L'échafaud. Ils vont venir te chercher.*

Le préparateur ouvre la porte. Je n'ai rien à lui dire.
Je ne suis pas une personne *claustrophobe, nerveuse.*
Je récuse cet emploi de la virgule. On peut être ner-
veux sans être claustrophobe. Il aurait fallu écrire nerveuse « ou » claustrophobe. Le préparateur me
demande si je n'ai rien de métallique sur moi. Non.
Si ! Je lui souris et montre mes dents baguées de
métal. Il a l'air ennuyé – on va régler l'appareil en
conséquence, soupire-t-il. *Ils vont régler l'échafaud à
ta taille, pour que les bagues ne gênent pas le coupe-
ret dans sa chute.*

Résignés, mes pas suivent la flèche marquée au sol
dans le couloir qui indique le chemin vers la Machine.

– Attendez là ! me dit le préparateur alors que j'allais tourner à un coin de couloir.

Je m'arrête, le temps d'entrevoir une forme avec un
soutien-gorge et une culotte, dans la même petite
tenue de mousseline légère que celle dont on m'af-
fuble. La forme retourne de la machine au vestiaire,
elle a encore sa tête sur les épaules, cela me rassure.

« Passez, maintenant », me dit-on pour sauvegarder
la pudeur.

La voilà, la Machine, le fameux sarcophage qui
trône au milieu d'une pièce carrée vaste, sombre et
vide. *Welcome my Boy, Welcome to the Machine.
Cette machine va te désintégrer la tronche, Max,
sache-le... restera plus rien... que les bagues...*

98

Je suis prêt. On me fait allonger sur le dos sur une planche de service de guillotine, cela me fait rire maintenant, c'est donc vrai – puis la planche pénètre dans le cylindre, avec moi dessus. Voilà. Me voici coincé là-dedans, comme dans une cabine de vaisseau spatial.

Faut pas être claustro, bordel. Faut pas avoir envie de pisser non plus. Devraient le mentionner sur le mode d'emploi : *Surtout, pissez avant d'entrer dans la machine.*

L'opérateur communique par radio. La voix nasale dit dans le cylindre :

– Ça va, monsieur ?

– Ça va, je réponds, guilleret.

– Alors on va commencer bouche fermée, vous ne bougez surtout pas pendant trois minutes, pendant le bruit de tam-tam.

Prêt pour le tam-tam ! Viens, tam-tam de bazar, tu ne me fais pas peur ! Ça y est, ça commence, on entend un petit bzz. Alors le tam-tam, ça vient ? Le bz devient bz bz, puis BZ bz, pas de tam-tam en vue, c'est pas encore commencé alors, mais le BZ devient de plus en plus BZZ, et commence à tendre vers le DZZG, et vers un bruit de… qu'est-ce que c'est que ce bruit oui, de guitare électrique… ? Non ! c'est un signal d'alarme bordel, c'est une alarme ! C'est l'alarme de la machine à cause de mes bagues métalliques, ça n'en finit pas, c'est de plus en plus fort et de plus en plus près des oreilles, ça commence à me faire suer : Z-ZTEÛT ZZTEÛT ZZTEÛT ZZTEÛT ZZTEÛT ZZTEÛT, c'est complètement régulier et de plus en plus fort, putain, je veux sortir de ce bordel ! Je commence à avoir les pieds qui tremblent dans les chaussons, les chaussons qui dégoulinent de sueur – bon Dieu de merde, ça va péter à cause des bagues dentaires, il a pas réglé la machine, ça va m'envoyer une décharge de dix mille volts ZZTEÛT ZZTEÛT ZZTEÛT ZZTEÛT, je sue, suis intégralement en eau faut pas bouger c'est un champ magnétique tu te rappelles tes cours de physique de terminale, la force des champs magnétiques, ça va te disloquer ZZTEÛT ZZTEÛT ZZTEÛT puis plus rien tout à coup la voix nasale dans le haut-parleur :

– Ça va, monsieur ? C'est fini pour les premiers clichés. On recommence maintenant avec six cales dans la bouche.

On m'avait fourré dans les poches des cales en plastique à mettre dans la bouche grande ouverte pour prendre les clichés du même nom, les clichés dits « bouche ouverte ».

Le manège électroacoustique a recommencé avec six cales en plastique dans la bouche à m'en faire éclater la mâchoire. J'étais comme un crocodile qui cherche à mâcher un balai dans le sens de la longueur.

En sortant de là, j'ai voulu dire deux mots à l'imbécile qui a écrit « Bruit de tam-tam » – et puis j'ai renoncé. Lorsqu'on n'a pas la même conception de la musique, il est déjà difficile de se mettre d'accord entre gens de bonne volonté, alors avec un préparateur de guillotine qui ne distingue pas le noble son du tam-tam d'une saturation de guitare électrique…

28

Malesherbes. Porte sonnettes rongeurs. Marie-Ange. Salope celle-là. Salle d'attente. Porte. Malléole.

– J'ai beaucoup pensé à vous, madame.

Fauteuil. Bouche ouverte.

– Aujourd'hui, je vais enlever l'arc palatin, dit-elle.

J'ai failli me jeter à ses pieds pour la supplier :

– Non, maîtresse, non, pitié. Il me fait trop mal ! C'est si bon ! Et puis il fait partie de moi, maintenant ! Vous aviez dit deux ans ! Cela ne fait qu'un an et demi !

Intraitable, elle a enlevé l'arc palatin, et j'ai ressenti mon palais de nouveau. C'était lisse, mouillé et surtout continu, en haut. Bizarre. Pas très agréable.

– L'arc palatin n'est plus nécessaire. La plus grande partie des déplacements a été effectuée. Aujourd'hui, on va fignoler un peu.

Elle m'a fait des choses insensées dans la bouche. Elle y a remis des élastiques pour faire pivoter les incisives du bas et je ne sais quoi d'autre pour s'occuper les pinces.

— Ils en sont où, les chir ? Je vais bientôt être bloquée dans mes déplacements. Retournez-les voir et informez-moi.

— D'accord.

— Ça fait mal, hein ?

J'ai donc repris rendez-vous chez le chirurgien, rue de Saint-Pétersbourg (rue de Leningrad).

Je ne parviens pas à me souvenir si la rue des chirurgiens porte le panneau « rue de Saint-Pétersbourg » ou « rue de Leningrad », mais enfin les chirurgiens y reçoivent.

Noir et Larbi n'étaient pas là. J'ai vu leur collègue, Tilleul. C'était un satellite encore différent de ses deux jumeaux. Un petit blond timide, l'air de ne pas y toucher, mais qui avait la réputation d'être un as du scalpel, vous retournant un visage en un clin d'œil, comme on dépèce un lièvre. C'est lui qui m'opérera. C'est lui, l'homme du « frouitch ». Je lui ai apporté les clichés IRM pour agrémenter la conversation. Je lui ai tendu la pochette kraft. Il en a sorti deux feuilles de plastique souple avec des taches noires et blanches, comme des photos de galaxies lointaines.

– Hum, dit Tilleul en regardant les clichés, il n'y a plus de ménisques. Perforés, écrasés par la luxation.

– Docteur, cette nouvelle me remplit de joie de nouveau, quelle en est la conséquence pratique quant à votre praxis et à mon existence ? *Comme tu parles bien, Max ! Tu pars de la tête en ce moment ! Combien de temps tu vas tenir comme ça ?*

— Une seule opération, on va seulement avancer la mâchoire. Cela ne sert à rien d'opérer la luxation. On ne pourra rien récupérer. Les ménisques sont foutus. Écrasés. Sinon, on aurait pu les remettre en place dans l'articulation, mais, là, cela ne sert absolument à rien.

Tout à coup, il m'a regardé le visage, d'un regard global et appuyé par moments. Puis, en regardant les clichés IRM, il a dit :

— Le nez, vous voulez qu'on le fasse… une pierre deux coups ?

— Non.

C'est ainsi que j'ai appris que l'on pouvait vivre sans ménisques à la mâchoire et que Pierre le Grand et Lénine, s'ils ont le même panneau, ont peut-être été la même personne, tout compte fait.

30

Je suis retourné voir Cohen avec les clichés IRM, avenue Paul-Doumer, dans l'entresol. Il avait toujours les mêmes dents de rongeur.

– Tilleul, il vous a dit une seule opération ? Faites voir les clichés. Ah ! il a encore mis des traces de gros feutre sur les ménisques, c'est son dada, ça, et il efface jamais, on s'en fout partout, bon Dieu.

Cohen avait de l'encre noire plein les doigts. J'étais rassuré d'apprendre que la grosse tache noire, c'était du feutre. De toute façon, je ne reconnaissais rien de moi dans ces lointaines galaxies tachées d'encre. Je préférais l'oiseau du Muséum, auquel j'étais maintenant beaucoup plus habitué.

– Ça m'embête, quand même, une seule opération, va falloir calculer très précisément. Moi, je pense qu'il en faut deux.

Commencent à me faire chier, tous ces toubibs. Je dois prendre le taureau par les cornes et décider de la suite des opérations, c'est le cas de le dire : une ou deux opérations ?

Une, deux... beaucoup plus, Max, tu le sais bien... jusqu'à l'opération finale où ils se résoudront finalement à l'ablation de la mandibule, l'évacuation du problème. C'est Cohen qui ira voir ta femme, ta Maggy, et qui lui dira : On a fait au mieux, madame, croyez-moi, et c'est mieux comme ça pour tout le monde, il commençait sérieusement à nous... nous faire chier avec ce problème insoluble, je vous le dis comme on le pense tous. Et puis il nous injuriait, jusque dans le bloc opératoire. Je vais vous dire ce que l'on a ressenti, madame. C'est un chameau, votre bonhomme... très franchement... très franchement, on a tous senti qu'il avait une dent contre nous. Dès le départ. Enfin... c'est comme ça. Vous pouvez le voir si vous voulez. Il est réveillé. Il est en chambre n° 12. Il déjeune en ce moment. Il va bien. Il est libéré. Par contre, la mâchoire est en réanimation en chambre n° 13. Vous ne pouvez pas la voir pour l'instant.

Malesherbes. Porte sonnettes rongeurs. Marie-
Ange. Salope celle-là. Salle d'attente. Porte. Malléole.

– J'ai beaucoup pensé à vous, madame.
Fauteuil. Bouche ouverte.
– Alors, qu'est-ce qu'ils disent les chir et Cohen ?
– Ils ne sont pas d'accord. Va falloir qu'ils se met-
tent d'accord.
– On va faire une réunion, tous.
– Avec moi ?
– Oui, avec vous.
– D'accord.
Elle en a profité pour resserrer les boulons puis-
qu'elle m'avait sous la pince.
– Ça fait mal, hein ?

32

Nous sommes tous réunis chez Tilleul, rue de Saint-Lénine. Ils sont tous là. Plans napoléoniens. On étale les radios, les clichés IRM, les moulages. Je reste assis. Je suis l'Empereur. Ils sont mes généraux et discutent mâchoire bien sûr, ma mâchoire, dont ils se partagent l'usufruit. J'en reste le nu-propriétaire. Voilà bien les subtilités du démembrement du droit de propriété. Moi, je reste titulaire de l'*abusus*. Je ne leur permettrai pas d'abuser.

À eux l'*usus* et surtout le *fructus* selon des territoires complémentaires déterminés comme suit, du nord au sud :

Au nord, fief de Malléole : Malléole assure le commandement des dents et des espaces interdentaires et la supervision suprême des opérations.

À l'est, territoire de Tilleul : Tilleul incisera, retournera le visage (« frouitch »), sciera les mandibules au bistouri électrique, fera crac d'un côté et crac de l'autre, les avancera, les vissera, sciera le menton en deux, le redressera en conséquence, le vissera, remballera le visage et recoudra le tout de l'intérieur.

À l'ouest, domaine de Cohen : Cohen calculera les rapports dentaires et veillera à une bonne occlusion pendant la bataille. Il surveillera l'articulation et tiendra les condyles avec ses doigts, comme des pinceaux dans un pot de colle, pour qu'ils ne fichent pas le camp pendant la bataille.

Au sud, pays de Balbec : Balbec plaidera pour que le parodonte soit épargné le plus possible par les manœuvres de ses confrères, de façon qu'il puisse encore travailler dessus les années suivantes – il est d'un bon rendement (environ cent francs par centimètre carré et par an).

– Madame, messieurs, mettez-vous d'accord. Je reste à votre disposition.

Ils virevoltent autour de moi, s'arrêtent pour me regarder de face, de profil, et retournent dans leur coin à leurs conversations.

Ils parviennent enfin à se mettre d'accord sur les modalités de la bataille : une seule opération, le 25 juin à l'aube.

Nous plions le camp, chacun sait ce qu'il doit faire. Je suis très confiant. J'apporte la mâchoire, ils font le reste. Ce matin-là, nous vaincrons, nous vaincrons ou je les fais tous fusiller dans les fossés du château de Vincennes, comme autant de ducs d'Enghien

Rompez ! *(Crac.)*

33

Avenue Paul-Doumer, dans l'entresol, comme deux clandestins, Cohen et moi nous nous livrons au calcul de la *bonne* position mandibulaire.

La bonne, la bonne... tu me fais rire, Max. La bonne sur le papier ! Regarde-le faire son manège de bricoleur et dis-moi franchement si c'est pas du bidon, cette bonne en question !

Il a confectionné de nouveau des moulages de mes mâchoires, et voilà ma dentition qui apparaît, montée sur un articulateur sophistiqué, sorte de mâchoires en plastique ressemblant à un sextant.

Ce moulage est déjà plus harmonieux que celui qu'avait fait Malléole, même si l'on n'y distingue que le bas des dents, le reste étant indescriptiblement formé de l'empreinte des bagues, des pastilles et des deux arcs métalliques qui courent le long de la face externe des arcades.

Ensuite, il a mélangé une poudre avec un réactif, et une pâte à modeler s'est formée, qu'il a pétrie en boule dans ses mains. Il m'a appliqué cette pâte toute chaude sur le palais et les incisives du haut puis, en faisant reculer le plus possible la mâchoire inférieure, il a pris l'empreinte des incisives du bas sur la pâte.

La pâte durcit rapidement à l'air, et voilà un premier repère qu'il emboîte sur l'articulateur pour lui permettre ainsi de calculer le recul des deux mâchoires dans cette position de recul maximal.

Puis il a recommencé avec un autre morceau de pâte, en me demandant de fermer la bouche dans la position la plus confortable : et voilà la seconde empreinte, qui servira à calculer sur l'articulateur l'écart relatif entre les deux positions.

Nous avons le chiffre secret de l'avancée des troupes à l'aube du 25 juin.

Moi, je le connais, le bon chiffre, c'est 38, et c'est le bon !

Je suis retourné voir Balbec pour un dernier détartrage avant l'opération, avant que tout le tartre du monde s'installe pendant trois semaines sur mes dents imbrossables.

Dans la salle d'attente, un poste de télévision retransmettait le match France-Bulgarie de l'Euro quatre-vingt-seize. Coup franc pour les Bleus. But. But ! But chez le dentiste !

– C'est à nous, dit Balbec.

– C'est bien la première fois que je vois un but chez le dentiste.

– On a marqué ? me demande-t-il en m'installant sur le fauteuil.

J'ouvre la bouche pour dire oui, mais il commence déjà à détartrer le bas. Mes yeux se détournent de l'intensité aveuglante de la lampe de travail. Au mur de son cabinet, une horloge en plastique en forme de molaire, dont la grande aiguille est une glace dentaire et la petite un petit crochet dentaire. Au-dessus, une photo de plage au soleil couchant : deux chaises longues encadrent… un fauteuil de dentiste. Plus loin, un livre d'art sur une petite étagère : l'art dentaire dans la peinture. Pas moyen d'y échapper. Mon regard s'arrête volontairement sur la lumière de la lampe de travail, comme pour abolir ces images dentaires, puis je ferme les yeux sur des taches vertes et rouges, traces de l'illumination de la rétine.

– On va voir la fin, dit Balbec.

J'ai émis un bruit nasal. Je pense bien qu'on va voir la fin de tout ce cauchemar un jour. Il a posé ses instruments.

– On fera le haut tout à l'heure.

– Pourquoi ?

– Parce qu'on va voir la fin !

– La fin de quoi ?

– Du match, pardi !

Je l'ai suivi dans la salle d'attente, pour regarder les cinq dernières minutes du match. C'était bizarre, d'être là, côte à côte, moi assis, la petite serviette bleue épinglée avec une chaînette autour du cou, lui debout, le masque de papier relevé sur le front, comme deux copains.

Quatre-vingt-neuvième minute. But. Deuxième but que je vois chez le dentiste. C'est incroyable. Balbec a l'air content, il a vu un but, lui aussi – et lui aussi ne doit pas souvent voir de buts chez le dentiste. Voilà, l'arbitre siffle, on a gagné, c'est fini. (Pour un sondage national : *Nombre de buts marqués par l'équipe de France et vus par des téléspectateurs chez le dentiste*.)

– Allez, on va faire le haut.

Nous sommes retournés dans son cabinet, je me

suis de nouveau allongé dans le fauteuil, il a détartré le haut, puis a douché toutes les dents – ça éclabousse jusque dans le cou, la petite serviette ne protège plus de quoi que ce soit –, je me suis rincé la bouche et essuyé la figure, en pensant beaucoup de bien de ce détartrage franco-bulgare. *Adieu, Max. Balbec t'a accordé un peu de foot, parce qu'il sait très bien qu'il ne te reverra peut-être jamais et que tu vas rester sur le billard. Il va te regretter ! Cent francs par centimètre carré et par an, ça ne se perd pas comme ça ! Cette affaire de foot, ce n'est pas la dernière volonté du condamné, mais celle de son dentiste !*

J'étais de toute façon prêt à faire le grand saut, même si la France avait gagné et que la petite serviette bleue ne protégeait pas de grand-chose.

35

Je montais peut-être pour la dernière fois depuis un an et demi l'escalier du cabinet de Malléole. *Max, tu montes pour la dernière fois l'escalier du cabinet de Malléole.*

— Bonjour, monsieur, me dit-elle en se dandinant d'une jambe sur l'autre, comment allez-vous ?

Pour une fois, je ne lui dis pas que j'ai beaucoup pensé à elle. *T'as beaucoup pensé à elle, et pour la dernière fois. Après, tu penseras plus. Elle va te demander de payer avant que tu y passes.*

— Ça va très bien. J'ai hâte qu'on en finisse.

— Alors, on y va ?

— On y va.

— Je vais souder les pointes qui serviront de repères au chirurgien pour ligaturer les arcades solidement afin que la mâchoire reste bien immobile pendant trois semaines.

Elle a mis en place deux arcs spécialement épais, au moins de un millimètre de section carrée, puis elle a soudé dessus une dizaine de pointes en acier. C'était comme un casque de footballeur américain pour les dents. Elle a fait des photos de tout cela.

– Votre cas est très intéressant du point de vue scientifique. Je vais le présenter dans les colloques internationaux.

Elle a posé l'appareil photo.

– Voilà. On va faire le point sur mes honoraires.

Elle a regardé dans un grand registre. *Tu vois, Max, qu'est-ce que je t'avais dit ? Elle veut encaisser avant la fin.*

– Vous êtes à jour. Vous me paierez le trimestre prochain après l'opération.

Malléole et moi, nous nous sommes dit à lundi. Mardi matin, c'était l'opération.

Je me suis regardé dans la glace du hall de l'immeuble du cabinet de Malléole. Mes dents étaient en cage, comme des bêtes fauves. Pas intérêt à trop sourire. Fais vraiment très peur.

Peut-être intérêt à sourire à certains.

Je sentais venir la fin de la traversée de Paris.

J'étais arrivé à la clinique de la rue de Milan, ce lundi-là de mille neuf cent quatre-vingt-seize, à treize heures.

Les gens qui sortaient de la clinique avaient des bandages sur le visage, et ceux qui y entraient avaient des mâchoires très en retrait, des gens comme moi. *Tu remarques bien, Max, que tu ne vois pas sortir de gens qui ont la mâchoire en retrait. Où sont-ils passés ? Tu ne devines pas ?*

J'ai passé les examens d'usage, radios, prises de sang, entretien avec l'anesthésiste.

Maggy est venue me voir vers dix-neuf heures. Elle avait apporté une tablette de chocolat. *C'est bon, le chocolat, hein, Max ? Miam miam ! C'est la dernière fois que tu mâches… enfin, que tu suces, parce que tu ne peux toujours pas mâcher de chocolat… Tu aimais tant cela, pourtant, deux ans que tu ne peux pas mâcher de chocolat… Ça fait mal, hein ? Bon, suce bien quand même, allez !* On a regardé la télévision. J'étais étrangement silencieux. À minuit, un infirmier est passé dans la chambre. Maggy était sur le point de partir.

— Monsieur, je vais vous informer sur votre réveil, on a oublié de le faire dans la journée.

Je l'écoute comme retiré de moi-même.

« Au réveil, monsieur, vous ne ressentirez pas le bas de votre visage. Vous ne vous inquiéterez pas. C'est une insensibilité qui viendra du fait que le nerf dentaire aura été un peu écrasé dans l'opération. C'est normal. Cela reviendra. La chose la plus importante est la suivante, monsieur. Lorsque vous vous réveillerez, vous aurez un tuyau dans le nez. Le tuyau plonge dans l'estomac. Il est relié à une pompe. Dès que vous vous réveillez, pensez à déglutir. Votre bouche sera soudée. N'essayez pas de l'ouvrir, ne serait-ce que par réflexe. Ne forcez pas. Les effets de l'anesthésiant se feront encore sentir. Vous aurez peut-être envie de vomir. Si vous vomissez, vous risquez de vous étouffer avec votre vomi, car, je vous le répète, vous ne pourrez pas ouvrir la bouche. Pensez à déglutir pour que la pompe aspire le sang, la salive, la bile et le vomi qui se retrouveront dans votre estomac. Plus vous déglutirez, plus la pompe aspirera tout ce qu'elle peut. Ah ! j'oubliais, vous aurez aussi deux petits tuyaux en plastique qui sortiront de chaque côté de la bouche. C'est pour respirer. Vous ne pourrez pas respirer par le nez à cause de la pompe. Je vous laisse un somnifère sur la table de nuit. Bonne nuit. »

J'ai écouté tout cela très attentivement, un peu en

dehors de moi. Cela faisait des années que j'attendais ce moment et j'étais totalement indifférent.

Maggy était effarée par cette description.

– Ça va aller après ça ? Il faut que j'aille me coucher, dit-elle.

– Vas-y, ça va bien se passer.

– Je serai là au réveil.

– À demain. Ça va aller.

Je n'ai pas pris de somnifère et j'ai très bien dormi. C'était la dernière nuit avec mon ancienne mâchoire. Nous nous sommes beaucoup parlé.

– *Putain de mâchoire pleine de luxure ! On a quand même croqué un peu de vie ensemble, mais si mal ! Je te regretterai un peu, mais je dois aller de l'avant et toi aussi !*

– *Alas, poor Max O, tu ne pourras plus faire de moi tout ce que tu voulais, me déboîter, me luxer selon ton bon vouloir ! Réintégrant mes glénoïdes, je te serai à jamais distante !*

J'ai beaucoup mâché en rêve. Je savais que le lendemain nous nous quittions pour toujours, mais qu'elle partirait quand même avec une broche.

37

Le lendemain matin, j'ai regardé une dernière fois mon visage dans la glace de la salle de bains de la chambre.

Voilà. Après tout ce temps, on allait me modifier le visage. Ni pour une raison esthétique, ni à cause d'un accident. On allait me modifier le visage parce que je ne pouvais plus vivre normalement au point où j'en étais parvenu naturellement. J'ai trouvé grave et étrange ce pouvoir du chirurgien sur l'homme. Je suis resté dans ce sentiment d'étrangeté.

L'anesthésiste passe me voir, puis Tilleul.

— Bonjour, ça va ? me dit-il.

— Bonjour, ça va très bien, je lui dis.

Il me regarde le visage avec ce regard global.

— Alors, on refait toujours pas le nez dans la foulée ?

— Non ! pas le nez.

Il sourit :

— D'accord, on fera pas le nez.

— Faites ce que vous devez faire, mais pas le nez.

On m'installe sur la civière roulante, et le plafond défile, puis l'ascenseur. Sous-sol. Dernière vision avant le bloc : les mâchoires de plâtre montées sur un articulateur. Ça a l'air compliqué quand même, cette affaire. C'est leur problème. Ils ont l'air nombreux. Cohen dans le couloir. Malléole penchée sur moi, sourit :

— Bonjour, ça va ? Ça va bien se passer. On est tous prêts.

— Ça va.

Moi aussi, je suis prêt. Indifféremment prêt, complètement prêt. L'anesthésiste m'introduit l'aiguille dans une veine du bras gauche.

— Comptez jusqu'à trois.

Je tiendrai jusqu'à cinq ! Un, deux...

38

Bruit de gargarisme, nausée, bave. Truc. Truc m'accroche. Truc m'accroche l'intérieur du nez. Tirer dessus. Coincé. Truc? Tuyau dans le nez, c'est ça pas toucher. Gargouille liquide rougeâtre file vite dans le tuyau. Tourne la tête réservoir plein de liquide brun pied du lit. Pompe qui pompe. Bruit de gargarisme, nausée, bave.

Vite toucher le bas du visage, qu'est-ce qu'ils m'ont fait? Sens rien. Sens rien! Comme du plastique. M'ont greffé une mâchoire en plastique! Ah! me souviens. Insensibilité. Nerf dentaire, ah oui. Écrasé. Toucher l'intérieur. Fil de gigot là-dedans! Qu'est-ce que c'est que ça? Ah oui! tuyaux sur le côté pour respirer. Putain peut pas ouvrir la bouche. Soudée. Doit avoir vraie tronche de sanglier avec tuyaux sur le côté pour respirer.

Se battre avec le tuyau enlever cette merde bordel fait mal dans le nez. Attraper tuyau. Tirer. Aïe, bordel. Cousu dans le nez. Fait mal. Sonner l'infirmière. Bouton. Bouton. Sonner. Sonner. Sonner.

– Vous êtes réveillé ?

– Mmmfff quyo mmm anlfé quyo mmmfff.

– On peut pas enlever le tuyau pour l'instant. Trop dangereux. Vous pouvez encore vomir.

39

Après avoir gagné le combat contre le tuyau et obtenu qu'on me l'ôte du nez vers sept heures du matin, je me suis résolu à aller observer le résultat dans le miroir de la salle de bains, et j'ai eu peur.

J'ai vu ma tête sur le cou de Balladur. Après l'affaire des prémolaires (« Il faut faire des sacrifices »), je rencontrais une nouvelle fois Balladur sur le Chemin de Barbès. Il ne fréquentait pourtant pas ces quartiers ! C'est cela qui m'a fait le plus peur. Pouvait-il aussi prendre racine dans les quartiers populaires ? Je ne comprenais pas.

Dans le miroir, au milieu d'un goitre énorme, une petite pointe émergeait : un menton. Un menton en avant, une espèce de galoche ! Ils m'ont fait ça ! C'est moi, ça ! Je me suis caché avec la main le bas du visage. Là, je reconnais… J'ai enlevé la main : là, je ne reconnais plus. Je reconnais… reconnais plus. Je reconnais… reconnais plus. Je reconnais… reconnais plus. Je reconnais… reconnais plus. Je ne reconnais plus. Je reconnais plus. Reconnais plus. Plus.

Je me suis placé de profil devant le miroir, en tournant les yeux vers l'image de Balladur. Ils m'ont refait le nez ! Non ! Impossible ! Mon nez semblait être moins proéminent. À cause du nouveau menton ?

Pétri de perplexité, je me suis recouché un peu inquiet. Je n'aurais pas dû aller voir. Qu'est-ce que ça va donner quand je vais dégonfler ? Sarkozy ?

Maggy est venue me voir juste après. Ma tête de sanglier l'a fait rire. C'est vrai qu'elle n'a pas l'occasion d'en voir, des sangliers, même dans sa clinique vétérinaire.

– euffè a rir… mmmfff… euarir… ai al i ri… mmmfff.

– Le menton ! Ah ! c'est pas mal, le menton !

Bon, elle trouvait ça pas mal. C'était déjà ça.

40

Le jour où je suis sorti de la chambre de la clinique a correspondu à la date où mon client le plus innocent a voulu se pourvoir en cassation devant la chambre criminelle de la juridiction suprême.

Je devais garder la chambre. Je lui avais laissé mon numéro de téléphone personnel. Il m'a appelé. J'ai dû lui indiquer au téléphone comment faire tout seul un pourvoi en cassation, tout en lui expliquant que je ne pouvais pas lui parler clairement du fait que ma bouche était vissée.

Je pense qu'il a entendu beaucoup de bave, mais, au bout du compte, il a compris mes explications. Dans l'argot des prisons, un avocat n'est pas pour rien surnommé un « baveux ».

Le bec cloué pendant trois semaines, j'ai commencé à dégonfler et à déprimer. Dégonfler était plutôt rassurant. Peu à peu, je retrouvais un cou de jeune homme, et l'évolution vers Sarkozy s'estompait.

Déprimer était normal, aussi : j'ai compris alors que je m'exprimais par la parole comme un citron par le presse-agrume. Sans pouvoir parler, je cuis dans mon jus. Un avocat qui cuit dans son *jus*.

Lorsque j'essayais de parler, les bruits de salive se mêlaient aux sons et, très vite, les submergeaient. Je ne pouvais pas non plus me mettre en colère – ce ne sont pourtant pas les occasions d'énervement qui ont manqué.

J'ai développé une méthode d'articulation avec la gorge, comme les ventriloques. Malgré cela, ma langue faisait les cent papilles dans sa cage.

Je n'osais pas trop sortir. Marcher, dans la rue ou ailleurs, faisait résonner les pas dans la tête *via* les mâchoires.

Je ne pouvais plus rien manger, mais rien que boire, et du bouillon. Pas même de la soupe, du bouillon, auquel j'incorporais de l'huile, du beurre, de la crème. La purée elle-même ne passait pas entre les dents.

Bu au bol, le liquide se faufilait par les espaces derrière les dernières molaires et glissait directement dans la gorge. Souvent, il glissait directement dans la chemise, parce que je ne ressentais toujours pas le bas de mon visage.

Un jour, les larmes aux yeux de voir Maggy dévorer un morceau de camembert avec une baguette encore chaude, j'ai créé les milk-shake au fromage.

Le milk-shake se prépare avec du camembert ou du roquefort. Son but est de liquéfier l'odeur d'un fromage. Il doit donc être préparé avec un fromage qui sente.

Pour une personne vissée : un quart de camembert puant, ou un demi-roquefort (partie moisie prioritaire), un demi-litre de lait. Couper le fromage en petits cubes, les mélanger dans une terrine avec le lait. Mixer en scandant le nom Penarch, Penarch entre les dents. Siroter à la paille. Se gargariser ensuite avec la solution contre les aphtes. Nettoyer la chemise.

Passant dans une salle des ventes, mon beau-père a eu l'heureuse idée de m'acheter une centrifugeuse. J'ai tout centrifugé : pommes, poires, tomates, carottes, raisins, petits pois, haricots – un jus coulait, et c'était l'essence même du fruit ou du légume qui passait du verre à la chemise.

Poulet, poisson, bifteck : la machine s'emballait, et j'avais la journée pour nettoyer l'intérieur. Avec la lessive des chemises, cela m'a bien occupé.

J'ai aussi beaucoup regardé les nouvelles radios panoramiques, pour faire connaissance avec ma nouvelle mâchoire. Cela m'a aidé à m'habituer. Deux broches sont vissées dans les mandibules. Le menton est scié tout droit et remonté de un centimètre. Il tient avec des fils de fer en boucle, comme des bigoudis.

Je dormais mal, sur le dos. Le matin, mon oreiller était plein de bave.

Un jour, des témoins de Jéhovah ont sonné à ma porte.

« Au seuil.

On avait sonné à ma porte. Dans l'après-midi, ce sont toujours des témoins de Jéhovah. J'ai beau être très désagréable avec eux, ils me disent toujours : "Au revoir, monsieur" avec un sourire semblant dire : "Patience, païen, tu viendras à la pénitence en ton temps."

Ils sont très aguerris et savent engager le dialogue d'une voie détournée : "Bonjour, monsieur, nous voudrions juste savoir si vous habitez le quartier depuis longtemps et si vous avez besoin de quelque chose de spécial…", et ensuite, insensiblement, ils orientent la conversation sur la Bible, et, là, comme ils sont incollables, on n'arrive justement plus à en décoller sans signer un aller simple pour leur version du paradis.

J'avais décidé de frapper un grand coup – cela ne faisait que quatre ou cinq fois que je les repoussais et qu'ils revenaient inexorablement, toujours à deux, comme des gendarmes.

Je distingue leurs silhouettes dans le vasistas.

J'ouvre et découvre devant moi deux jeunes femmes en tailleur bleu marine, l'une Antillaise et l'autre blonde.

J'ai grogné :

– Qu'est-ce que c'est ?

L'Antillaise a dit d'une voix niaise :

– Bonjour, monsieur, nous voudrions juste savoir si vous habitez le quartier depuis longtemps et si vous avez besoin de quelque chose de spécial…

– Oui, dis-je avec un large sourire et une voix de brute.

Alors la blonde a ajouté :

– Nous pouvons peut-être vous aider à trouver ce que vous cherchez... Que cherchez-vous, monsieur ?

Alors j'ai dit :

– Une petite partie à trois cet après-midi, ça vous tenterait ?

Au moins, ça, ça les fera fuir pour ne jamais revenir. Elles se regardèrent immédiatement, puis me dévisagèrent. L'Antillaise porta la main à sa bouche pour masquer un sourire et la blonde cria :

– Qu'est-ce que vous dites ?

– Baiser. Baiser avec vous deux ici chez moi. Une partie de jambes en l'air, nom de Dieu !

La blonde était comme figée devant moi, la bouche ouverte et les yeux fermés, on aurait dit qu'elle allait tomber dans les pommes, les pommes de Dieu. L'Antillaise souriait toujours en me regardant, comme si elle se foutait de ma gueule. Je connaissais ce petit sourire bête des cathos coincées. Je me suis dit que c'était gagné, qu'elles allaient me foutre la paix et que tous les témoins de Jéhovah du monde entier en avaient pour perpétuité à cuver ce coup-là, perpétuité de tremblements avant de sonner à une porte de peur de retomber sur un type comme moi.

C'est alors que je sentis quelque chose passer sur mon pantalon : *on me caressait les couilles.* »

C'est le premier chapitre de la nouvelle que j'ai écrite après leur passage, qui ne s'est pas vraiment déroulé comme ça. Je leur ai montré les dents en grognant, et elles sont parties en courant.

Il n'est pas bon que l'homme soit seul. La langue en cage, la plume perd ses repères.

Trois semaines ont passé comme cela, j'en ai bavé en lessives, et puis ça a été le Grand Jour.

41

Voici le Grand Jour, le Jour Glorieux, Camarades. *Libérez-nous! Nous voulons mâcher! Poussez pas, derrière!*

Je sonne chez Tilleul, rue de Saint-Leningrad. On m'ouvre et on m'installe dans un fauteuil.

Tilleul arrive. Je me redresse. On se serre la main.

— Fuis on en e fous foir, lui dis-je entre mes dents, en pensant aux côtelettes grillées aux alteaf, aux alteaf, oui, alteaf j'ai dit et au camembert-baguette que je vais me taper bordel dès ce soir nom de Dieu à pleines dents ça va être bon.

Il me sourit. Il me regarde — enfin, il regarde son travail plutôt. Son regard global et concentrique balaie mon visage, commence au menton qu'il a remonté et évolue vers les tempes en passant par la bouche.

— E en on è rè ien, je souffle entre les dents.

— Oui, vous voyez, il fallait retoucher le menton, sinon votre visage aurait été complètement déséquilibré par l'opération. Et puis cela rééquilibre le nez...

Qu'il ne recommence pas à me parler de mon nez. Il s'empare d'une pince coupante et se penche sur ma bouche. Je retrousse les babines, comme les singes lorsqu'ils montrent les dents.

Clic. C'est le bruit du fil de fer coupé par la pince. Clic, un autre endroit coupé. Clic, un autre. Clic, encore un autre, et clic et clic et clic et clic et clic et clic, un défilé de cliquetis.

Il enlève avec une autre pince les petits bouts de fil de fer qui encombrent la base des gencives.

– Voilà, dit-il, la mâchoire est libre.

J'ai senti l'air passer entre mes arcades dentaires.

– Ah ! ça fait du bien, ça fait du bien ! abcdef-ghijklmnopqrstuvwxyz, je dis. Et j'ajoute : Petit pot de beurre, quand te petit pot de beurreriseras-tu ? Je me dé-petit pot de beurreriserai quand tous les petits pots de beurre se dé-petit pot de beurrereriseront. Les chaussettes de l'archiduchesse sont-elles sèches archi-sèches ?

La phonation a l'air de fonctionner.

Je me redresse doucement du fauteuil et, soudain, je sens un poids tomber, sans pouvoir le rattraper. Je maintiens le poids avec la main. C'est un morceau de tissu on dirait, rembourré avec du bois, qui est articulé à mon visage. C'est ça, la mâchoire. Trois semaines après, je ne sens toujours pas cette chose comme une partie de moi-même, et voici que ça tombe. Ça va être gai. J'ai mal aux tempes tout à coup. J'essaie d'ouvrir la bouche normalement. Impossible. Un centimètre, pas plus. Je panique. Ils m'ont raté. Comme la petite O. Je serai pour eux le grand Bergamo, c'est tout. Va falloir y repasser. *Tu te souviens du grand Bergamo ?*

Qu'est-ce qu'on l'a raté, celui-là ! Cinq opérations finalement ! Heureusement qu'on a pu vendre le crâne un bon prix ! Enfin, ce qu'il restait de vendable dans le crâne !

Affolé, consterné, j'articule faiblement :

— J'peux pas ouvrir… C'est bloqué.

— C'est normal, me répond Tilleul, c'est tout à fait normal, ne vous inquiétez pas. Les articulations sont ankylosées par les trois semaines d'immobilité. Dans quelques semaines, vous pourrez ouvrir normalement. Ne forcez surtout pas. Mangez normalement des petits morceaux mous.

— C'est déjà mieux que du bouillon. Dites, je sens toujours pas la mâchoire…

— Oh ! ça peut durer un an ou deux, c'est normal.

Un an ou deux avec ce truc en caoutchouc.

Décomposé, je lui ai dit au revoir et merci.

En sortant de son cabinet, serrant la bouche de peur que la mâchoire ne tombe par la cage d'escalier, je pensais que rien de ce que je m'imaginais ne se passait comme prévu. J'étais comme un cheval que l'on éperonne entre deux obstacles avant de le freiner juste avant qu'il ne saute puis de lui demander de sauter quand même, enfin de le rentrer au box pour trois semaines sans promenade, ensuite de le sortir lui montrer la plage où il imagine faire un grand galop, mais de le rentrer au box finalement en lui disant : « Plus tard ». J'étais comme un cheval rendu fou.

Dans la rue, j'ai porté le deuil de mes côtelettes grillées et de mon baguette-camembert jusqu'à la station de métro la plus proche – c'était Europe, je crois, entre Leninbourg et Pétersgrad. Je ne parle même pas des alteaf, c'est trop dur.

J'ai aussi emmené au métro le morceau de caoutchouc qui pendait, tant qu'à faire… je l'avais sur moi pour un an ou deux.

42

Je reparlais et mangeais un peu mou, mais ce n'était pas encore fini. Je me donnais maintenant des coups de fourchette dans le morceau de plastique. Il n'y avait aucun moyen de savoir au toucher si la purée arrivait devant la bouche ou sur le menton. Et puis il fallait maintenant retourner chez Malléole pour les finitions. Encore six mois à tirer.

Malesherbes. Porte sonnettes rongeurs. Marie-Ange. Salope celle-là. Salle d'attente. Porte. Malléole.

— J'ai beaucoup pensé à vous, madame.
Fauteuil. Bouche ouverte.
— Il va falloir penser à la contention, dit-elle un jour entre deux cliquetis de ferraille.
— Euh… Rappelez-moi de quoi il s'agit.
— Eh bien, c'est très simple. Toutes vos dents ont changé de place. L'équilibre osseux est encore fragile. Il faut le consolider. En général, avec les enfants, la contention dure un an avec un appareil discret et amovible, porté seulement la nuit, qui stabilise les dents à

leur nouvelle place. Mais, dans votre cas, à votre âge, l'os a été très sollicité par tous les déplacements depuis deux ans et n'est quand même pas très solide, il vaut mieux une contention définitive. Il faut solidariser les dents, en tout cas, les canines et les incisives. Les molaires et prémolaires ne bougeront plus.

– C'est vous qui allez le faire ?

– Non, moi, je travaille avec le docteur Sallis, qui fait toutes mes contentions. Je vais vous donner son adresse, vous allez prendre rendez-vous. Il faut d'abord faire la contention, puis libérer les dents en débaguant. Il ne faut pas faire l'inverse, car, dans l'état où est votre os, si je débague les incisives et les canines sans qu'elles soient maintenues, on aura travaillé pour rien.

– Je comprends, j'ai dit dans un état de lassitude horrible.

T'en as marre, Max ? Tu vois, c'est trop dur, ce truc. Je t'avais prévenu. Ils ont travaillé pour rien, les blouses. Tout foutra le camp de nouveau. Et puis ton morceau de caoutchouc, là, en bas, tu le sentiras jamais de nouveau comme avant ! Cela ne reviendra jamais ! Comme s'ils t'avaient arraché la mâchoire à petit feu. T'aurais dû le faire toi-même dès le début, à la main. T'es qu'un petit joueur de blouses, c'est tout. Maintenant, passons aux choses sérieuses : si tu n'aimes pas les 38, j'ai un bon prix sur les cordes...

Elle m'a donné l'adresse du docteur Sallis. C'était l'adresse du cabinet où je travaillais, l'étage juste au-dessus de mon propre bureau, boulevard Sébastopol.

– Ça fait mal, hein ?

Au moins je n'avais plus à traverser Paris, et puis la nouvelle mâchoire aimait bien prendre l'ascenseur. Se regarder dans la glace lui permettait d'exister un peu.

43

La semaine suivante, en me rendant au bureau, j'ai monté un étage de plus que d'habitude et je me suis retrouvé dans la salle d'attente du docteur Sallis.

J'étais dans un état de lassitude encore jamais éprouvé.

– Bonjour, docteur.

– Bonjour, monsieur.

– Je viens de la part du docteur Malléole pour une contention définitive.

– Très bien. Je vais vous expliquer.

– Je vous écoute.

– Mon travail consiste à prendre un moulage de votre dentition et à demander à un prothésiste dentaire de fabriquer deux attelles de quelques microns d'épaisseur qui épouseront parfaitement et en continu la face interne de vos dents, de canine à canine, en haut et en bas. Cette attelle restera collée toute votre vie pour éviter que vos canines et vos incisives ne se déchaussent, et vous permettra de croquer dans une pomme sans y laisser deux ou trois dents.

– Toute ma vie ?

– Enfin, quinze ans. Il faudra la changer dans quinze ans.

Il m'a présenté son devis. C'était beaucoup d'argent, mais c'était le prix. J'ai pensé que j'allais devoir repartir en campagne fiscale auprès de mes parents. Le fils cale et se rappelle à votre bon souvenir, en votre aimable règlement. J'ai signé. En finir.

Nous sommes passés dans la pièce où il y avait le fauteuil. *Quand tu dis fauteuil, Max, c'est une façon de parler, tu le sais bien... Pourquoi cacher les choses ? Tu ferais mieux de dire pilori...*

– Aujourd'hui, je vais faire des moulages, dit-il.

– J'en ai, des moulages, si vous voulez, j'en ai plein !

– Il faut que je prenne mes propres empreintes.

Lui aussi devait marquer son territoire sur ma bouche.

Abattu, je me suis installé dans le pilori. Il m'a appliqué les cuillères creuses pleines de caoutchouc triste sur l'arcade dentaire du bas, et nous avons attendu quelques minutes que cela prenne. J'avais l'impression de revenir au tout début, à Barbès. Ce goût de plastique, cette saturation de la bouche par tout ce mou rose et gélatineux, je pensais ne jamais le sentir encore, je... au démoulage, toutes les dents ont été emportées dans la cire caoutchouteuse.

C'est ce que j'ai cru. J'ai poussé un cri et failli m'évanouir. Ensuite il a tartiné la cuiller pour le haut. Le démoulage a été aussi violent, mais j'étais prévenu.

Écoute-moi bien, Max. Ce type est de mèche avec Mal-
léole, qui a intérêt à ce que tu restes client de son cabi-
net à vie. Il a raté son coup, tes dents ont tenu. Il va
essayer autre chose.

– Pourquoi ça se passe pas comme avant, le démoulage ? Pourquoi ça démoule mal ?

– Parce que vos dents sont parfaitement alignées, il
y a moins d'air qui passe.

– Ah !

Ensuite, il m'a expliqué en quoi allaient consister
les prochaines séances, et ma tristesse s'est renforcée.

– Pour fixer les attelles, je vais poncer la face intérieure de toutes vos canines et de toutes vos incisives,
et percer un petit trou dans chacune. Pour plus de
confort, je vais vous anesthésier, et nous ferons cela
sur deux séances : le bas, puis le haut. Ensuite, je
prendrai une empreinte locale de la face interne des
dents avec leurs petits trous. Cette empreinte servira
de moule pour couler les attelles qui alors seront parfaitement adaptées à vos arcades dentaires. Ensuite, je
mettrai en place les attelles.

– D'accord, lui dis-je, les larmes au cerveau.

Je ne vois pas d'ailleurs comment j'aurais pu lui dire
« Pas d'accord ». C'était plus que la dernière ligne
droite. C'était encore un tour de stade. *Oui, très juste,*
Max, « Rollerball » ou « On achève bien les chevaux ».
Au choix.

Les piqûres anesthésiques de Sallis ont rouvert la
plaie du curetage profond de Balbec. Le ponçage de

l'intérieur des dents et le forage d'un trou de un demi-centimètre dans chacune des douze dents nécessitent de rester la bouche ouverte et immobile pendant le temps qu'il faut, et mes nouvelles articulations ne le supportaient pas.

Une fois ses trous forés, Sallis les bouchait avec du plâtre. Après les séances de perçage et de ponçage, il m'a donné quinze jours de répit. Je ne pouvais cependant pas l'oublier. Je le croisais tous les jours dans l'escalier, l'ascenseur, le boulevard. J'étais tétanisé. Ma langue passait et repassait sur le plâtre râpeux qui bouchait les trous, essayait de se faufiler dessous. Finalement, elle est parvenue à faire sauter une partie du plâtre et s'est acharnée en vain à se fourrer dans un des petits trous.

Enfin les attelles furent prêtes. Deux rubans argentés très fins hérissés de piques d'un côté, lisses et brillants de l'autre. Elles étaient posées sur les moulages.

– Nous allons essayer celle du bas, dit-il.

Il a dégagé le plâtre de mes dents et a débouché les trous avec une pique et de l'air comprimé. (Pour des étudiants en licence de sadisme, option arts micromécaniques : *Décrivez méthodiquement la sensation que provoque, sans anesthésie, l'air comprimé passant dans six dents trouées d'un sujet déjà très sollicité par l'art dentaire. Vous n'oublierez pas de détailler également les convulsions des pieds et des mains. Vous indiquerez, en fin de description, quel plaisir vous a envahi à imaginer cette scène, et si ce plaisir vous semble de même nature que celui qu'a nécessairement ressenti le professionnel des arts micromécaniques qui a mené à bien cette opération.* Compter deux heures.)

Puis il a emboîté l'attelle dans les dents du bas dans un bruit de bois qui grince – et j'eus tout à coup l'impression d'avoir une seule incisive incurvée et large comme la bouche.

Ma langue affolée parcourait la surface lisse et n'y trouvait aucune dent entre les deux prémolaires, rien qu'une surface lisse, glissante et continue.

– Ça a l'air d'être bon, dit-il. Je vais coller.

Il a déboîté l'attelle d'un coup sec. J'ai cru que la mâchoire tout entière allait être emportée dans son élan. Qu'elle parte, elle aussi, puisque, de toute façon, nous ne pouvons pas nous sentir !

– Il va falloir laisser la bouche ouverte un petit moment, continua-t-il en dévissant toutes sortes de pots de plastique, et laisser la langue tranquille au fond. Il ne faut pas que la langue touche la colle. Je dois travailler vite. La colle est très forte, et à prise rapide. Vous devrez bouger le moins possible.

– D'accord, j'ai fait.

À côté du pilori, si la fenêtre avait été ouverte, je me serais jeté dans le vide par lassitude, par lassitude de tout cela, et pourtant si près du but envisagé trois ans auparavant.

Ça puait un réactif de colle.

– Allez, on y va, dit-il.

Bouche ouverte, langue au fond, immobile. Il m'a

enduit la face intérieure des dents d'une espèce de pâte au goût infect, en a enduit également la partie de l'attelle hérissée des micropieux, et emboîta en s'appuyant de toutes ses forces sur la mâchoire. Quelque chose a craqué dans l'articulation de la mâchoire, les larmes ont fait le reste. *Ce type est de mèche avec Cohen, qui voulait deux opérations. Il est payé par Cohen pour te péter la mâchoire en l'ouvrant au maximum. Comme ça, Cohen pourra encore bosser sur toi en disant à ses confrères qu'il avait raison.*

— Ne bougez pas.

Seules mes larmes bougeaient, coulaient vers le bas.

Il a essuyé la colle qui sortait de toutes parts sur les côtés de l'attelle. Enfin il a dit :

— Très bien, parfait. Vous pouvez fermer un peu, mais pas entièrement. Attendez comme ça cinq bonnes minutes que cela solidifie. Ne bougez pas trop la langue. Vous pouvez marcher un peu si vous voulez. Je reviens.

Il est passé remplir des papiers dans la pièce d'à côté, et je me suis dégourdi les jambes. J'ai détaillé à loisir quelques statues chinoises et divers bibelots, pour m'occuper l'esprit et oublier ce goût infect dans la bouche. J'avais l'air d'un commissaire-priseur, ou d'un maniaque qui bave bouche ouverte sur tous les objets qu'il voit. Puis Sallis est revenu, et je me suis réinstallé dans le fauteuil.

— Je vais poncer, dit-il, éliminer toutes les aspérités de la colle.

Le ponçage a bien duré des siècles – qu'il fasse de moi ce qu'il veut au point où j'en suis.

– Voilà, c'est fini. On fera le haut la semaine prochaine, hein, vous laisser un peu souffler.

Je suis redescendu groggy dans mon bureau, à l'étage du dessous. Ma langue allait et venait mécaniquement contre la surface lisse qui s'étendait devant elle, en bas, de canine à canine, comme un fauve cherchant la porte de sortie.

La semaine suivante, il a débouché les trous des dents du haut et a emboîté la seconde attelle. J'étais basculé dans le fauteuil, la tête complètement renversée en arrière. Je le voyais, à l'envers, penché sur moi, utiliser toutes ses forces pour emboîter ce morceau de métal dans mes dents, comme une espèce de corrida, de scène sadomasochiste, ou de succion de ses mains, sophistiquée jusqu'à l'absurde.

C'était très physique. Il suait, et moi aussi.

Le même bruit de bois qui craque accueillit l'emboîtage, et tout de suite la même sensation de solidarité des dents de devant.

– Ça a l'air d'aller ?

J'ai nasalisé quelque chose d'incertain.

Il a déboîté l'attelle en la soulevant avec un levier, comme une pince monseigneur, puis il a préparé la colle. Quand il a collé, en pesant de tout son poids, j'ai entendu « crac » de nouveau. Puis, attendant avec le goût infect, j'ai renoncé aux bibelots de son cabinet pour me tourner vers la fenêtre. Passionnant spectacle à travers les lamelles du store, j'en restais bouche bée.

Puis il a poncé, comme un spéléologue sur le plafond d'une caverne, tant la base des dents du haut n'est pas vraiment facile d'accès. Enfin, j'ai actionné les mâchoires pour refermer la bouche.

Impossible. Mon articulation se déboîtait. Les molaires du haut s'entrechoquaient sur les molaires du bas. Les incisives du bas butaient à l'intérieur contre l'attelle des incisives du haut. C'était collé. C'était foutu.

J'ai senti la rage monter. Envie de cogner la tête contre le bras articulé de tout son bordel de dentiste de pilori de merde, envie de se percer la tête avec les micro-perceuses, de se coller les paupières avec la colle et de hurler : *Arrachez-moi tout ça !!! Tu vois bien qu'il faut l'arracher finalement, Max ! T'aurais dû me croire dès le début et te tirer une balle dans la caboche tout de suite, à titre préventif !*

J'ai gémi.

— Ça va ? me demanda-t-il.

J'ai trouvé je ne sais où – jusqu'où la confiance va – la force d'articuler :

— Peux pas fermer.

— C'est normal, ne vous inquiétez pas, on va fignoler tout ça, dit-il.

Je n'y crois pas. Impression d'avoir un bloc de métal entre les mâchoires. J'ai ouvert la bouche, comme un oiseau demande la becquée par réflexe.

Qu'est-ce qui peut se passer, maintenant, Max, maintenant je te dis, après toute cette douleur accu-

mulée, toute cette souffrance de rapports parentaux
déconnants mis en scène de douleur dans ta propre
bouche de petit garçon pervers ? Gentil petit garçon…
tu veux que je te dise ce qui va se passer ? Devine,
petit cheval ! Qu'est-ce qu'ils vont inventer pour te
faire galoper chez un autre spécialiste ? C'é-tait un
p'tit cheval tout blanc, qu'il avait donc du coura-ge !
C'é-tait un p'tit cheval sans dents, pouss' derriè-re
pouss' derriè-è-re ! C'é-tait un p'tit cheval à blanc…
j'vais quand même pas te chanter la fin, tu la connais !
Tagada tagada tagada, tu te souviens ? Le bruit de
galop de cheval avec l'appareil dentaire quand tu
étais petit ?

Il a coloré le haut de mes incisives inférieures avec
une espèce de charbon de bois et m'a demandé de fermer doucement. J'ai fermé jusqu'au choc avec l'attelle du haut. Alors il a pris sa petite ponceuse rota-
tive, a poncé les parties de l'attelle supérieure qui
étaient couvertes de noir de charbon et m'a demandé
de refermer.

Ce qui va se passer, Max, bon, tu le sais : il va
devoir décoller les attelles. Or, comme tu l'as senti (à
propos, cela me rappelle… tu te souviens « Est-ce que
tu la sens ? ». Tu te souviens, la salope nue sous sa
blouse à la fac ? Et mes conseils à ce moment-là ?)
donc comme tu l'as compris, il vient de te coller ses
attelles maison à la superglue professionnelle. C'était
déjà bien comme sensation, hein ? C'était quand

même le summum, disons-le. Alors pour décoller ?
Pour décoller, eh... il va y aller au marteau-piqueur !
Tu vas pas résister, Max. Il en viendra à bout, mais il
enlèvera les dents avec ! Tu lui feras un procès, d'ac-
cord, et après ? Tu sais le montant dérisoire des
indemnités que tu toucheras dans dix ans ! Pendant ce
temps-là, ton cabinet sera en déconfiture, tu quéman-
deras l'aide sociale du barreau, allez mille francs par
mois... Et puis, tu n'auras plus de dents du tout
devant pendant le restant de ta vie... Et cerise sur le
gâteau, ta Maggy, là, eh ben, c'est toujours pareil,
elle est comme les autres, elle ira se consoler avec...
tu veux que je te dise ? Avec Balbec !

J'ai actionné les mâchoires, pour les refermer une
bonne fois pour toutes.

44

J'ai refermé les mâchoires. C'était miraculeux. Cela ne bloquait presque plus. Je reprenais vie, espoir un peu. Voyant mon étonnement, Sallis a dit :

– Dans la bouche, tout prend des proportions énormes. J'ai enlevé une très mince pellicule de métal avec la ponceuse, peut-être un demi-micron, pas plus.

Je soupirais maintenant de soulagement. Un peu de soleil perçait au travers du store. Les larmes qui coulaient étaient autres.

– Je ne vous cache pas que j'ai vraiment eu peur. Je… J'ai trop enduré depuis le début.

Je me suis mouché.

– J'imagine bien, me dit-il.

– Je ne pense pas que vous puissiez imaginer. C'est moi qui imagine… ça bute encore un peu.

J'ai rouvert avec entrain. Il a remis du charbon, poncé de-ci de-là, remis du charbon, reponcé, de-ci de-là, tralala, mon esprit commençait à entrevoir la fin, c'était la fin bientôt, la fin.

La fin, là, bientôt.

Dix minutes après, je fermais complètement et

confortablement la bouche, les molaires les unes sur les autres, et les incisives du bas derrière les incisives du haut, bien tranquilles. Du travail de professionnel.

– Revenez me voir après le débaguage, me dit-il, il faut toujours faire un petit ponçage lorsque les dents sont libérées des bagues et des fils.

Je lui ai serré la main avec les deux mains et j'ai redescendu en courant l'étage qui séparait son cabinet du mien.

La semaine prochaine, Malléole allait enlever de ma bouche tout le chapiteau de cirque qu'elle a planté il y a deux ans. Cela sera la fin. La vraie.

45

J'ai sonné à sa porte en piaffant, moi, le jeune cheval qui veut mordre dans les côtelettes et galoper les dents au vent.

Avant de sonner, dans le hall, en bas, je me suis souri une dernière fois dans le grand miroir.

C'était au mois de janvier mille neuf cent quatre-vingt-dix-sept, j'avais trente-deux ans, et c'était précisément dans le hall du cabinet de Malléole. Oui, c'était en mille neuf cent quatre-vingt-dix-sept, dans ce hall, et elle m'attendait là-haut.

Je me suis souri de nouveau de plus près devant la glace de l'ascenseur.

– Alors, ça y est, monsieur, c'est la dernière fois.

J'ai couru vers le fauteuil et me suis jeté dessus.

– Enlevez-moi tout ça !

Qui d'autre que moi pouvait donner cet ordre à une femme dentiste, et elle de s'exécuter avec plaisir – pour me faire plaisir – et fierté – de voir le résultat sur moi : qu'elle enlève tout !

Elle a commencé par le bas. Elle a enlevé le fil de fer, elle le faisait tournoyer en l'air comme une strip-teaseuse son long gant de velours rouge. Avec une pince coupante, elle a fait sauter une à une les pastilles de plastique collées sur les incisives et les canines, comme autant de boutons de bottines. Elle a fait pareil en haut, enlevé le second long gant et fait sauter les pastilles comme autant de boutons d'un corsage trop serré.

– Et maintenant, les bagues, dit-elle.

Pendant qu'elle fouillait dans un tiroir pour appréhender la pince à effet de levier, ma langue s'est précipitée vers l'espace libéré devant les dents et s'est frottée amoureusement en bavant comme une folle contre leur façade. Sensation inconnue et ancienne, ordre du cerveau de renouer avec une zone dont l'image n'avait plus été convoquée depuis deux ans.

Elle brandit la pince à effet de levier comme une sorte de dénoyauteur à olives et fit sauter une à une les douze bagues sans effort. Une à une, les bagues atterrissaient sur ma langue, et je les lui présentais en la lui tirant – après tout ce qu'elle m'a fait subir.

Ma langue se précipita frénétiquement contre toutes les dents, à l'intérieur et à l'extérieur, comme un gros serpent. Elle était presque affolée. Les molaires étaient des cailloux énormes, polis, plantés dans la bouche, les incisives une seule lame acérée devant mes lèvres.

– Je vais nettoyer un peu, dit-elle.

Elle a détartré, poli, passé à la douche toute la dentition, puis m'a tendu un miroir. C'était parfait. Parfaitement inconnu de moi. C'était étrange. Voici que l'on me restituait l'image d'une bouche que je ne reconnaissais pas. Ce n'était ni la bouche martyre aux dents juxtaposées, ni la bouche technique aux dents baguées de métal. C'était une bouche toute rose avec des dents énormes, lisses, blanches, régulièrement plantées comme celles d'un dentier. Comme un dentier dans la bouche.

– Je vais prendre quelques photos, dit-elle.

– Ah oui, le cas international ! Avant, après, dis-je en riant.

– Oui, exactement. Je vais montrer tout cela dans les colloques : le moulage, les photos avant, après. Cela sera votre bouche seulement, personne ne vous reconnaîtra.

Je me pliais une dernière fois au rituel des écarteurs de joues et fis flasher mes dents de cheval qui rit sous tous les angles.

– Voilà, monsieur, c'est fini. Vous avez été très courageux.

Je lui ai dit au revoir. Je crois même que je l'ai embrassée, et que j'ai souri à Marie-Ange – mon Dieu, dans quel état devais-je être !

Dans le miroir du hall, en bas, en face de moi, il y avait un type qui me ressemblait avec un sourire comme sur une photographie de publicité.

Je lui ai souri, de loin, de près.

Il n'avait ni les dents entrechoquées de mon père ni

la petite mâchoire de ma mère. Il faisait les mêmes gestes que moi, inversés, et lorsque j'avançais vers lui il avançait aussi.

Il n'y avait pas de doute possible, c'était moi.

J'ai dit devant la glace en regardant ses dents :

— Jean-Paul Bergamo.

Il va plaire à ma femme, ce type. Il va falloir qu'elle s'habitue, elle aussi.

Je l'ai appelée sur son téléphone portable.

— Maggy, ça va te plaire !

Elle a gloussé.

Lui sourire d'abord. Puis l'embrasser. Et quelques alteaf.

Commencer à lui apprendre la vie, à cette nouvelle bouche.

46

Je suis retourné chez Sallis la semaine suivante pour un petit ponçage de l'attelle supérieure. Cela a duré trois minutes. C'était la fête.

En sortant, je lui ai dit, soulagé :

— Bon, eh ben, c'est fini !

— Fini pour quinze ans, soupira-t-il en souriant amèrement.

J'avais l'impression qu'en disant cela il souffrait pour moi. Il faisait bien de me rappeler à la réalité.

Ah ! Max, la réalité. Tu veux que je te dise ce qui va se passer dans quinze ans, quand il essaiera de déboîter l'attelle ? — enfin, déjà, cela ne sera pas lui, pas Sallis, car il aura déjà pris la fuite à la suite du scandale des attelles en amiante qui auront provoqué tous ces cancers de la bouche, non, ce qui va se passer…

Balbec siffla d'admiration :

— Ils ne vous ont pas raté ! Résultat remarquable ! On va prendre des radios de contrôle.

Il m'a placé un petit rectangle devant chaque dent,

a approché le canon de l'appareil radiologique et a répété cette opération une vingtaine de fois.

Il a regardé les clichés. Il a sifflé encore.

– Très bien ! L'os se reconstitue. Venez me voir tous les quatre mois pour détartrage et visite de contrôle. Faut surveiller quand même.

– Comptez sur moi.

Lorsque je suis sorti de chez lui, j'ai siffloté.

Siffloter… siffler. Cela faisait deux ans qu'à cause de l'appareil je ne pouvais plus siffler.

Écoute bien, Max, ce qui va se passer dans quinze ans…

Alors j'ai sifflé la sonate de Bach pour flûte, clavecin et violoncelle, celle que j'avais jouée, celle que j'avais tant désiré écouter un jour en vain, je l'ai sifflée dans la rue, je l'ai sifflée dans le métro, je l'ai sifflée dans le bois de Vincennes – j'avais des larmes de joie dans les yeux – et Bach aussi, là-haut, je le sais.

47

Début mille neuf cent quatre-vingt-dix-neuf, je me suis rendu chez Balbec en sifflant le premier mouvement de la partita pour flûte seule, de Bach.

Elle commence par un quart de soupir, cela aussi doit être entendu ; ensuite, on la suit, comme en déséquilibre, à contretemps, à la recherche de la mesure qui toujours s'esquive, il faut du souffle pour tenir jusqu'au bout la suite des doubles croches, du souffle pour trouver le temps de respirer et, lorsqu'on a terminé, on ressent toujours ce déséquilibre, alors on a envie de se précipiter pour recommencer, un peu comme une boucle sans fin, mais alors on se heurte au tout début, au quart de soupir.

C'était la septième visite de contrôle.

En réalité, le quart de soupir du début de la partita, c'est le mot de la fin.

Penché sur ma bouche, il m'a dit, sur le ton de « Il commence à faire chaud, j'enlèverai bien ma veste » :

– J'ai l'impression que votre canine supérieure droite est un peu grise.

Parfois, j'intercale quelques mesures des *Folies d'Espagne*, de Marin Marais, pour flûte seule également.

Balbec dit :

— Ce n'est pas bon signe.

Souvent, je dévie franchement sur l'adagio du concerto pour deux clavecins, BWV 1060. Il est bien sûr plus difficile à siffler parce qu'il y a plusieurs voix, sans compter l'apparition de l'orchestre assez rapidement.

Il a soupiré, a ouvert un tiroir et a brandi deux crochets très piquants.

Mais qu'est-ce que c'est beau.